Beatriz decidió no casarse

Beatriz decidió no casarse

HarperCollins *Español*

MARÍA PAULINA CAMEJO

Editora en Jefe: *Graciela Lelli*
Edición: *Marta Liana García*
Diseño interior: *Grupo Nivel Uno, Inc.*

ISBN: 978-0-71809-227-6

Impreso en Estados Unidos de América
HB 05.22.2017

A mis papás, por inculcarme el hábito
de la lectura y apoyarme en esta locura
que es querer vivir de la ficción.

Contenido

I. París (9)

II. Aeropuerto (19)

III. Aire (25)

IV. Caracas (31)

V. Recuerdo de cuando había bailado con Santos (37)

VI. Primer lunes de vuelta en Caracas (41)

VII. Recuerdo de cómo había sido la ruptura entre Santos y Beatriz (49)

VIII. Lunes en la noche (57)

IX. Beatriz intenta llamar a Santos (63)

X. Recuerdo de cómo se habían conocido Santos y Beatriz (73)

XI. Entrevista en la radio y bautizo del libro (85)

XII. Recuerdo del primer beso de Santos y Beatriz (99)

XIII. Agosto (107)

XIV. Octubre (111)

XV.   Una llamada importante   (115)

XVI.   Recuerdo de la boda de Santos y Anita   (121)

XVII. Navidad   (129)

XVIII. Cumpleaños   (139)

XIX.   Recuerdo de la promesa que habían hecho
       Beatriz y Santos de reencontrarse   (153)

XX.   Recuerdo de lo que ocurrió el 1 de mayo del
       2000   (159)

XXI.   Viaje a Madrid. Encuentro con Santos   (163)

XXII. Premio Cervantes   (183)

1.
Paris

Un viernes de abril en la noche, Beatriz se sirvió una copa de vino y salió al balcón. El viento fresco le dio en la cara haciendo que automáticamente se cerrara la chaqueta con la mano que tenía libre. Tras darle el primer sorbo a su copa, apoyó los codos en la baranda y se dedicó a observar a las personas que paseaban por la antigua rue du Cherche-Midi de París. Vio a una pareja de ancianos que caminaba lentamente, tomados de la mano. Beatriz siempre había pensado que desde arriba todo se veía tan diferente, como si fuera una pintura. Los observó hasta que se perdieron en la esquina, mientras sonreía inconscientemente y continuaba saboreando su vino. El hecho de que ella hubiera decidido, veintidós años atrás, que no se quería casar, no significaba que no admirara aquellas parejas que lograban permanecer toda su vida juntas, tampoco significaba que no le gustase la vida familiar; ella provenía de una familia con muchos primos y le encantaban las familias grandes.

Subió la mirada, suspiró, y un soplo de aire blanco salió de su boca. Ya hacía frío, por lo que entró de nuevo al apartamento. Dejó la copa vacía junto al fregadero y, antes de ponerse su pijama, encendió las cornetas donde descansaba su *iPod*, presionó la opción que escoge las canciones de manera aleatoria y fue hacia su clóset. «Moon River» comenzó a sonar. Beatriz volvió su cara y apretó los labios, sonrió y dijo en voz baja:

—De todas las canciones...

No podía reprocharle a su *iPod* el haber seleccionado esa canción, pues le encantaba y tenía varias versiones de ella, así que era obvio que sonaría tarde o temprano. Beatriz sacó un cómodo conjunto de franela de la gaveta y entró al baño a cambiarse, con la inquietud de que los vecinos del edificio de enfrente pudieran verla a través del gran ventanal de su habitación. La canción continuaba sonando.

Beatriz se vio en el espejo y su mente se fue por el pasado a través de su mirada. Incontables veces había escuchado esa canción cuando era joven, había sido la primera canción que había aprendido a tocar en la guitarra, de hecho, era la canción que había despertado su gusto por la música. Ella no podía vivir sin música y, precisamente, «Moon River» había sido «su canción», compartida con quien había sido su último novio, Santos Escalante.

Beatriz, que era una novelista de éxito, había decidido pasar seis meses en París para escribir su última novela. Por eso se encontraba en ese pequeño apartamento de la rue du Cherche-Midi. Ya los seis meses llegaban a su fin, por lo que se aproximaba su regreso a Caracas.

Al pensar en Santos, Beatriz se retiró del espejo y salió del baño sosteniendo la ropa que había estado usando antes. Dobló la ropa para así meterla en la maleta, pues tan solo le quedaba un día en París. Mientras decidía qué ropa dejaría fuera para el viaje, una imagen de ella con Santos escuchando esa canción ocupó repentinamente su mente. Arrodillada delante de su maleta, Beatriz se preguntó qué sería de su vida. Claro que sabía que él se había casado, pues ella misma había ido a la boda a la cual, para su sorpresa, había sido invitada... y esa había sido la última vez que lo había visto realmente. Con el pasar de los años, se lo había encontrado contadas veces en la calle, pero no se habían vuelto a saludar. La última vez que verdaderamente habían conversado había sido el día en que habían terminado, día que Beatriz recordaba perfectamente: *No quiero tener una vida por el camino que la estoy trazando,* recordó Beatriz que le había dicho. *Quiero crecer profesionalmente, quiero escribir, y siento que una familia me quitará tiempo... Quiero ser una mujer soltera...* Estos pensamientos le hicieron olvidar el frío y su deseo de acostarse a dormir, por lo que Beatriz resolvió salir a caminar un rato. Se puso un suéter, una bufanda, su chaqueta negra y unos *jeans*, y se calzó sus botas negras más cómodas. Antes de salir, pasó por la nevera y cortó un pedazo de queso, del tamaño de un bocado, para el camino. Bajó las escaleras y, así, estuvo en la centenaria rue du Cherche-Midi.

Los dos restaurantes que quedaban frente a su edificio aún estaban abiertos. Beatriz pudo ver en uno de ellos una mesa rodeada de mesoneros que cantaban, evidentemente en celebración de un cumpleaños. Eso le hizo recordar su reciente cumpleaños, pasado a solas en el pintoresco pueblo de Villefranche, al cual había viajado en tren. Se había sentado a merendar una tabla de frutas con jamón serrano y queso en un pequeño café con vista al mar desde la montaña. Un señor mayor, que podría tener cerca de noventa años, la miraba desde la mesa vecina mientras fumaba una pipa. En el momento en que Beatriz se había levantado para irse, el señor la llamó en francés (*madame!*). Beatriz se volvió y se acercó al señor, que le dijo:

—*Joyeux anniversaire*.

Beatriz hablaba un francés casi básico, pero había podido entender perfectamente que el señor le deseaba un feliz cumpleaños. Ella ladeó un poco la cabeza, dejando traslucir su asombro, y con mirada dudosa le preguntó en un imperfecto francés:

—*Comment vous savez que mon anniversaire c'est aujord'hui?*

El viejo sonrió y respondió en español:

—Lo pude ver en tu mirada, se te ve mucha nostalgia.

—Bueno... —dijo Beatriz tras un suspiro—, no me sorprende. Es la primera vez que estoy sola en mi cumpleaños.

—Ya te acostumbrarás, yo llevo con este veinticinco cumpleaños en soledad.

Beatriz pudo reaccionar después de un par de segundos:

—Oh, feliz cumpleaños a usted también, entonces —dijo.

—*Merci, madame*.

Beatriz dejó de vagar por sus recuerdos y volvió al presente, de nuevo a la rue du Cherche-Midi, y decidió que era hora de volver al apartamento. Era casi la una de la madrugada. Regresó al edificio, caminando lentamente, con las manos en los bolsillos de la chaqueta. Aún había gente en la calle. Subió las escaleras. Se volvió a poner su pijama. No tardó en dormirse...

Su último día en París, Beatriz se levantó temprano, aún estaba algo oscuro. Buscó un suéter y salió al balcón. Hacía algo de viento, lo que la obligó a retirarse el pelo de la cara. Una señora que vivía en el mismo piso que ella, pero en el edificio de enfrente, abrió su ventana también para regar unas flores de su jardinera. Le sonrió a Beatriz, que se atrevió a exclamar:

–Bon jour!

La señora le devolvió el saludo y volvió a cerrar la ventana. Beatriz cerró los ojos y respiró hondamente... cómo extrañaría esa ciudad... Entró de nuevo y se fue a bañar en la tina que, al principio, le había parecido incómoda, pero ya le había tomado el gusto. Sentada dentro de la tina Beatriz vio por la ventana, a través de una delgada cortina prácticamente transparente, a un señor del edificio de enfrente que había abierto las ventanas de su cocina para fumar. Beatriz siempre se preguntaría si las personas del edificio de enfrente podrían verla mientras ella se bañaba; nunca había sentido que alguien la estuviera observando, pero esa posibilidad no dejaba de inquietarla.

Ese día se vistió con una falda negra sobre la rodilla, unas medias pantys negras también, un suéter blanco y, encima, su abrigo negro que la cubría completamente hasta las rodillas. Salió de su apartamento y se fue a tomar un café en Les deux magots. Se sentó en una de las mesas de la terraza y se entretuvo pensando en cuál de todas esas mesas se habrían sentado García Márquez, o Jean Paul Sartre, o Simone de Beauvoir. La verdad es que sí quería regresar a Venezuela, pues seis meses era una ausencia demasiado larga, pero extrañaría su sencilla vida en aquel solitario apartamento parisino; extrañaría levantarse temprano e ir caminando a la panadería a comprar un brioche, sentarse a escribir en su apartamento, ir una y otra vez a los mismos museos y ver las mismas obras. Fueron seis meses que ella siempre calificaría de «deliciosos». Decidió que cenaría en el restaurante italiano ubicado frente al edificio donde vivía; luego, caminaría hasta llegar a la catedral de Notre Dame, que después de la de Reims, le parecía la catedral más hermosa e imponente del estilo gótico, se sentaría un rato a contemplarla y compraría una *crêpe* de Nutella, su primera en seis meses. No había comprado *crêpes* antes porque sabía que una vez que probara una le sería difícil contenerse, así que la dejó para el último día.

Ese día, Beatriz compró algunos regalos para sus sobrinos. A las cinco de la tarde estaba ya de regreso en su apartamento y a las siete en punto de la noche estaba bajando las escaleras para cenar en el restaurante de enfrente, al cual, por tenerlo tan cerca, nunca había ido, como son siempre las cosas. Cruzó la calle, entró al restaurante y pidió una mesa para una persona. Se sentó de cara a la puerta de entrada del lugar, para poder ver a las personas entrar y salir.

Pidió una pasta con almejas. A su lado, habían sido acomodadas varias mesitas con el fin de crear una gran mesa para unas doce personas, que parecían estar pasando un buen rato. Beatriz, disimuladamente, echó un vistazo hacia esa gran mesa con el fin de intentar dar con el parentesco que unía a cada uno.

Entonces... el de la cabecera es el abuelo; por supuesto, su esposa está al lado. Ahora, hay tres parejas más jóvenes, tres niños pequeños y un adolescente. Ajá, ¿quién es hijo de quién? La muchacha joven... pero que «muchacha joven», tiene como mi edad, que está junto al abuelo debe ser su hija... la señora mayor... ¡Oh! Se acaba de referir al señor mayor como su hermano, entonces, listo, los dos señores mayores son hermanos. La muchacha joven, o es la hija de este señor mayor o es su segunda esposa... En caso de ser su segunda esposa, el adolescente debe ser hijo de ambos... Beatriz estaba en estas cavilaciones cuando los integrantes de esa gran mesa, tal cual la película *La boda de mi mejor amigo*, comenzaron a cantar «I say a little prayer for you», de Dionne Warwick, empezaron en voz baja, pero en el coro, ya todo el restaurante los estaba mirando. Beatriz los veía, apoyándose en sus codos, totalmente encantada. Al momento del segundo coro, ya todo el restaurante estaba palmeando al ritmo de la canción, incluso la misma Beatriz que no podía parar de reír. Cuando acabó la canción, todo el restaurante aplaudió y los mesoneros llevaron a la mesa un pedazo de torta de la casa. Beatriz pidió un café y volvió a entretenerse observando o pensando, que era su forma de pasar el rato en sus solitarias comidas.

Al salir del restaurante emprendió camino a la catedral de Notre Dame. Era una caminata larga, pero no importaba, tenía tiempo y zapatos cómodos. Al pasar la fuente Saint Michel miró a su derecha y allí estaba, desde el siglo doce, Notre Dame. Se acercó cruzando la calle junto a otros transeúntes. Al llegar frente a la catedral, se detuvo para observar, una vez más, todos sus detalles, sus relieves con escenas de la Biblia, sus arcos ojivales, sus arquivoltas... Una joven pareja miraba también la catedral abrazándose para protegerse del frío. El joven que estaba observando la catedral con quien debía de ser su esposa, se acercó a Beatriz y, antes de que hablara, Beatriz ya había adivinado lo que le pediría:

—*Excuse me, could you take us a photo?*

Beatriz asintió y, con una pesada cámara en las manos, dio unos pasos para atrás. Les tomó dos fotos y devolvió la cámara. La pareja pareció complacida y le agradecieron con un simultáneo *thank you* para luego alejarse y dirigirse hacia los callejones que rodeaban la zona, que siempre estaban abarrotados de gente pues a los lados de la calle había múltiples bares, ya fueran franceses, irlandeses o latinos. Beatriz se alejó también para buscar un taxi, pero antes, decidió entrar en uno de los callejones, ya que estaba segura de que debía haber un puesto de *crêpes* abierto. Caminó intentando no tropezar con la gente. Logró divisar uno junto a un Irish Pub en el que una cantante entonaba «La vie en rose».

Debe estar harta de esa canción, pensó Beatriz al pasar, *seguro los turistas se la piden, todas las noches, más de una vez.* Al llegar al puesto de *crêpes* vio a la pareja que le había pedido la foto. El joven volteó y, al verla, le sonrió, Beatriz le devolvió la sonrisa y volteó a otro lado para mirar a la gente que pasaba. Cuando la pareja se alejó, cada uno con su *crêpe*, Beatriz dio un paso hacia el carrito y pidió en su entendible francés una de Nutella. Al probarla, se reprochó a sí misma el no haberlas comido antes.

Salió del callejón, intentando moderar sus mordiscos, pues, por ella, se la habría comido de un bocado, estaba deliciosa y caliente, perfecta para el frío que sentía. Beatriz caminó hacia donde sabía que quedaba un puesto de taxis. La misma pareja a la que le había tomado la foto y que luego estaban en el carrito de las *crêpes* estaba allí.

—No me hagas esto —dijo Beatriz en voz baja, para ella misma.

Ahora estos van a creer que los estoy persiguiendo o algo, pensó.

Se colocó detrás de ellos y miró hacia otro lado. La muchacha volteó y, al verla, se volvió rápidamente y le comentó algo a su esposo en un susurro. Beatriz volteó los ojos, miró hacia arriba y lanzó un suspiro de tedio. El joven intentó voltear disimuladamente, pero su mirada se encontró con la de Beatriz que, simplemente, se limitó a levantar una ceja y a desviar su mirada de nuevo.

Lo cómico es, pensaba Beatriz mientras estaba ahí, de pie, esperando un taxi, *que si estuviera con alguien, es muy probable que estos dos no se hubieran asustado. Qué prejuicios, Dios.*

Al llegar a su apartamento se desvistió, dobló su ropa y la metió en la maleta. Ya solo tenía afuera la pijama y lo que se pondría al día siguiente para regresar a Venezuela. Se puso la pijama y se sentó en su cama apoyada en el respaldar, recorrió la estancia con la mirada y decidió que se serviría su última copa de vino en París. Al regresar a la cama, brindó a su salud. Bebió lentamente y cuando la copa estuvo vacía, la dejó en el piso y no tardó en dormirse.

II.

Aeropuerto

Se sentó en la puerta de embarque del vuelo 061 con destino a Caracas. Frente a ella, una joven hablaba por celular:

—O sea, yo sí le creo, pues. Pero ¿sabes cuando sientes que algo no está bien?... Ay, yo no sé... ¡¿Qué hombres?! Chama, lo que hice aquí fue estudiar como la más galla... Sí, ya hablo francés... ¡Bueno! Comparado con antes, hablo, pero me pones una película sin subtítulos y es como si estuviera en chino, te lo juro... ¿Verdad que entender la televisión es más difícil?... Sí, compré varias cosas...

La muchacha subió la mirada y, al ver a Beatriz, abrió los ojos como platos y le dijo a su amiga que tenía que trancar. Beatriz leía. La muchacha, desde su asiento y alzando un poco la voz, preguntó:

—Disculpe, ¿usted es Bea?

Beatriz levantó la mirada y vio delante de ella a una muchacha como de unos dieciocho años que la miraba. Le sonrió y le contestó:

—Sí, soy yo. Hola.

La joven se quedó un segundo en silencio, decidiendo qué decirle:

—Yo soy Andrea. Ay, mucho gusto, me encantan tus libros. —Luego, mientras buscaba en su bolso, decía:

—No tengo ninguno aquí conmigo, pero no sé si me firmarías esta agenda. Mi libro favorito tuyo es *De perlas al olvido*, me encantó, lo he releído y todo.

Beatriz la miraba complacida, no sabía si era vanidad, pero le encantaba cuando alguien se le acercaba a decirle que le gustaban sus libros. La joven se levantó para pasarle su agenda a Beatriz, que le escribió una sencilla dedicatoria:

«Para Andrea, mucho gusto. Nunca dejes de leer. Besos, Bea 28/04/2013».

La joven tomó la agenda y, al ver la dedicatoria, sonrió. La guardó en su bolso y volvió a decirle «gracias».

—Tengo ganas de tomarme un café, ¿me quieres acompañar, Andrea?

La joven miró a Beatriz con visible sorpresa y aceptó con un:

—¡Mi alma, claro!

Mientras se levantaban, Beatriz le preguntó:

—«Mi alma»... ¿Eres maracucha?

La joven negó con la cabeza y respondió:

—Nací en Caracas, pero tengo *full* primos en Maracaibo, y voy a veces... cuando voy se me pega el acento rapidísimo, pero solo cuando estoy allá, pero no sé, el «mi alma» sí se me queda.

Mientras caminaban al café más cercano, la joven preguntó:

—¿Y viniste a París de vacaciones?

Beatriz le respondió que había ido seis meses a París para escribir su siguiente libro, pues ya la editorial la estaba presionando para que le entregara un nuevo manuscrito.

—¡Ay qué rico! O sea que te viniste a París a escribir. Y, ¿pudiste terminar el libro?

Beatriz asintió.

—Y, ¿ya lo enviaste? —preguntó Andrea.

—No —dijo Beatriz—, me lo envié a mi *e-mail*, lo tengo en mi *laptop* y en un *pendrive*.

Ya estaban sentadas en el café. Beatriz pidió lo que en Venezuela sería un marrón claro grande y tomó una ensalada de frutas de la nevera. Andrea pidió un café con leche. Andrea le hizo algunas preguntas sobre sus libros y sus hábitos para escribir a las que Beatriz respondió con total sinceridad.

—Entonces, ¿escribes escuchando música?

Beatriz asintió.

—Pero no todo el tiempo, solo si la escena que estoy describiendo lo amerita, es decir, si hay música en esa específica parte de la historia, ¿me explico?

—Bueno, muchos libros tuyos tienen escenas de gente bailando...

—Exactamente —otorgó Beatriz—, cada vez que uno de mis personajes está escuchando música, o está bailando o cualquier cosa que tenga que ver con música, describo esa escena con la canción que el personaje supuestamente está escuchando sonando de fondo, para poder imaginármela mejor, y así concibo sus gestos, movimientos y palabras en consonancia con la melodía.

—Ay, qué interesante. Como en *De perlas al olvido* que bailan Juan Luis Guerra.

Beatriz soltó una pequeña risa y asintió. Ya cada una se estaba terminando su respectivo café. Andrea dudó si hacerle la última pregunta que tenía en mente.

—¿Te puedo preguntar una última cosa? No sé si es una pregunta muy indiscreta pero... no entiendo...

Beatriz adivinó de qué iba la pregunta y decidió adelantarse:

—¿Por qué no me casé? —preguntó mientras entrelazaba sus dedos.

Beatriz vio cómo la cara de su joven admiradora se enrojeció levemente.

—Sí, disculpa, pero es que es muy raro —comenzó diciendo Andrea—, no es por hacerte sentir bien ni nada, pero eres inteligente, bonita, has sido muy simpática conmigo, eres famosa. No entiendo, pues.

—Gracias —le dijo Beatriz con sinceridad—, en serio, me siento muy halagada. Pues... te cuento que no quise.

Andrea la miró con genuina sorpresa.

—Aunque no lo creas, tenía mi novio y decidí cortar la relación porque me di cuenta de que esa no era la vida que quería llevar. Decidí dedicarme solo a crecer profesionalmente.

Andrea permaneció callada.

–Sí, es poco convencional, pero es así, qué te puedo decir. No tengo nada en contra del matrimonio, te cuento que amo las familias grandes, las admiro mucho.

–Sí, hay un libro tuyo, creo que es... –Andrea cerró los ojos para intentar recordar.

–*Conversación en la alfombra* –dijo Beatriz adelantándose.

–¡Ese! Que los protagonistas son toda una familia de ocho hijos. Me pareció que lo describiste tan bien y que pintabas la vida de esa familia de una forma tan divertida, que cuando me enteré de que eras soltera, no lo podía creer. Cualquiera juraría que eres mamá.

Beatriz le sonrió.

–Perdón, en serio, todo el mundo me dice que soy muy impertinente –explicó Andrea a modo de disculpa.

Beatriz hizo un rápido gesto con la mano y le dijo que no le importaba la pregunta en lo absoluto.

–Tranquila, es una tontería. Si te pones a ver, lo único que me preguntaste es por qué no vivo con un hombre al que tengo que prepararle el café todas las mañanas...

Por fin, cada una se levantó y caminaron juntas hasta donde habían estado sentadas antes.

–Mucho gusto, Andrea.

Andrea hizo un gesto de negación con la cabeza:

–No, no, el gusto es solo mío.

Se sentaron y cada una se sumergió en lo que había estado haciendo antes de conocerse.

III.
Aire

Beatriz abrió los ojos casi una hora antes del aterrizaje. Aún medio dormida, buscó en la pantalla el único dato que de verdad les interesa a quienes toman un vuelo trasatlántico: las horas que restaban de viaje. Al ver que solo quedaba una hora, sonrió con satisfacción y abrió su cortinilla: mar. Decidió levantarse e ir al baño antes de que se iluminara el aviso de los cinturones de seguridad. Se inclinó y tomó de su cartera un pequeño estuche. Intentó pasar sin despertar al señor que le había tocado al lado. En el baño se lavó los dientes y se retocó el maquillaje, incluso se echó perfume de una minúscula botellita que sí podía viajar dentro de la cartera, le dio forma a su pelo con las manos y salió.

Al llegar de nuevo a su puesto, se dio cuenta de que su compañero de viaje, con quien no había cruzado más que un «buenas», no estaba. Agradeció pasar sin dificultad hasta su asiento y se sentó. Apoyando el codo en el apoyabrazos se quedó viendo las nubes. Su compañero volvió. Beatriz giró un poco la cabeza y le dedicó una casi imperceptible sonrisa con los labios cerrados, volvió su vista a la ventana. Una característica que le quedaba a Beatriz de su juventud es que cada vez que viajaba sentía genuina curiosidad por saber quién tocaría junto a ella en el avión. Apareció La Guaira por la ventana. Beatriz sintió su brazo erizarse, lo llevó a la altura de sus ojos y vio cómo los escasos vellos de su antebrazo se habían levantado.

—Te erizaste —le dijo su compañero—, qué cómico. ¿Mucho tiempo sin venir a Venezuela?

—Me fui por seis meses —respondió Beatriz.

—Es algo —concedió el señor—. ¿Estuviste en Francia todo este tiempo?

–Hice algunos viajes en tren, algunos hasta de diez días, pero estuve básicamente en París. Su compañero sonrió y dijo:

–Podrá ser un cliché, pero París es mi ciudad favorita. ¿Puedo preguntar qué hiciste?

–Fui a escribir, la editorial ya me estaba presionando y no hallaba tema, así que...

–Ah, eres escritora... Así que decidiste viajar a París para inspirarte, otro cliché.

–Sí, en verdad sí –coincidió Beatriz.

El avión comenzó a descender. Beatriz volvió su mirada hacia la ventana. La vista no era la más hermosa, pero era su país; sus ojos brillaron. Se llevó un dedo a los párpados inferiores para evitar que saliera una lágrima.

–Ustedes los escritores sí son intensos –comentó su compañero sonriendo y levemente sorprendido–. Estás verdaderamente emocionada, creo que los artistas en general son muy pasionales. No puedo creer que vayas a llorar por llegar a Caracas. Todos los días se ve algo nuevo, en mi caso: una escritora que llora por volver a su país. Si escribiera, escribiría un cuento sobre esta escena.

Se quedaron en silencio unos segundos:

–¿Y qué escribes? ¿Novelas, guiones, poesía? –preguntó el señor.

–Novelas –respondió Beatriz–. No me atrevo a escribir poesía.

–No te atreves. Qué interesante. A mí no me da miedo, creo que es porque estoy tan lejos del mundo de la literatura. No pienso ni en el estilo ni en la forma, solo en dejar fluir mis emociones. Ojo, no escribo nada, pero creo que sería así. Solo escribiría en momentos de inspiración.

–La inspiración –dijo Beatriz con un suspiro–, eso no existe.

–Me imaginé que ibas a decir eso. La gente común ve a los artistas como personas especiales que trabajan bajo un arrebato de emoción, con la mirada desorbitada, en un salón oscuro a la luz de una vela, algunos rodeados de botellas vacías. Y, seguro, escriben en un escritorio con la misma emoción con que una secretaria transcribe un documento.

Este comentario hizo reír a Beatriz:

—Algo así, pero es un documento bastante interesante.

El avión pisó tierra, no faltaron algunos pocos y aislados aplausos. Beatriz no aplaudía nunca, pero no podía negar que nada la hacía sentir más en su país que esos aplausos. La consideraba una costumbre muy venezolana, se sintió en casa. Se quitó el cinturón a pesar de que el avión aún estaba en movimiento. Cuando el avión se detuvo, Beatriz se levantó de su asiento, no veía el momento de bajarse.

—Se nota que estás loca por bajarte —le dijo su compañero—, y, una pregunta, ¿cómo te llamas? No es imposible que haya leído uno de tus libros, ¿te imaginas?

Beatriz le dijo su nombre y el hombre puso cara de sorpresa:

—¡Pero si tú eres Bea! No puede ser, mi esposa te adora. Le voy a escribir ya para decirle. Cuando la esposa del compañero de Beatriz respondió, este rio y le mostró a Beatriz la pantalla de su celular. Se veía una larga secuencia de emoticones que mostraban sorpresa.

—¿Viste que no te estaba cayendo a coba?

—Ya veo —respondió Beatriz—. Mándale mis saludos y mis gracias por leerme.

IV.

Caracas

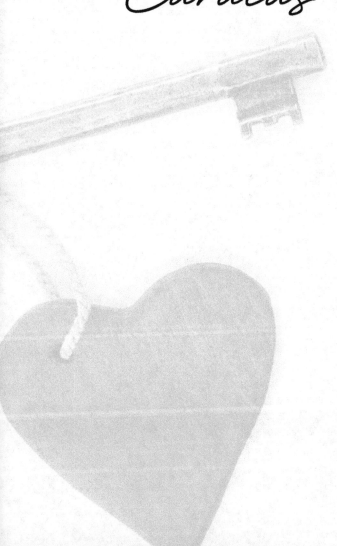

Beatriz se despidió de su compañero, salió del avión y caminó rápidamente por el largo pasillo blanco que la llevaba a la zona de Inmigración.

Al llegar al chequeo de pasaportes le entregó el suyo al oficial de Inmigración.

—Bienvenida a su país, señora Beatriz —le dijo el joven.

Ella le sonrió y, tomando su pasaporte, salió a esperar su maleta.

Detrás del vidrio la esperaba su chofer de confianza, el señor Torres, a quien saludó con cariño al atravesar la puerta automática de vidrio que separaba a los viajeros de los familiares y amigos que los esperaban. El señor Torres tomó la maleta de Beatriz y le preguntó por su viaje.

Ya en el carro...

—¿Y me compró flores?

El señor Torres asintió con satisfacción, orgulloso de su trabajo:

—Sí, le compré sus favoritas, señora Beatriz: gladiolas anaranjadas para el florero grande de la entrada, unas yerberas pequeñas para su mesa de noche, de varios colores y, de mi parte, una orquídea para la sala.

La orquídea era la flor más cara de la floristería, Beatriz lo sabía, solo compraba una en ocasiones muy especiales. Iba a protestar, pero sabía que no serviría de nada y que su chofer, y amigo, el señor Torres, se ofendería si ella no aceptaba su regalo. Agradeció la orquídea con sinceridad.

Entraron al apartamento de Beatriz en Campo Alegre. El señor Torres dejó la maleta junto a la entrada de su habitación y le preguntó:

—¿Se le ofrece algo más?

Beatriz negó con la cabeza.

—Bueno, hasta mañana, entonces, señora Beatriz.

—Sí, Torres, mañana empezamos otra vez con todo. Tengo un desayuno con mi editor... —Buscó su agenda en la cartera, utilizaba una agenda de papel, Beatriz no era muy dada con la tecnología. Miró con satisfacción que el resto del día lo tenía libre—. Y hasta la noche estoy libre. A las siete tengo que ir a Paseo Las Mercedes para celebrar el bautizo del libro de un amigo.

—¿Quiere que convierta ese desayuno en un almuerzo? Seguramente quiere descansar.

Beatriz abrió mucho los ojos, como un niño cuando le dicen que lo llevarán a comprar el regalo que le habían prometido si salía bien en la boleta.

—Torres, se lo agradecería muchísimo. ¿Podría llamar a Diego y ponerlo a la una? Así me da tiempo de ir a las once a la peluquería —se miró las uñas—, que me hace bastante falta.

El señor Torres asintió y le dirigió un «Hasta mañana, señora Beatriz». Ella le dijo a su vez «¡Hasta mañana, Torres!», y lo vio salir por la puerta. Conocía al señor Torres desde su juventud, pues había trabajado con su padre, el señor Ernesto Blanco. Consideraba al señor Torres casi un abuelo y se dirigía a él, con toda confianza, como «Torres».

Luego de que el señor Torres saliera por la puerta, Beatriz fue a su cuarto y tomó en sus manos el pequeño florero con yerberas que yacía en su mesa de noche, había tres flores, una amarilla, una anaranjada y una fucsia. Se acercó el florerito a la cara para olerlas. Recordó que era domingo. Vio la hora, cinco y media, la misa en la iglesia de Campo Alegre era a las seis. Buscó en su maleta el neceser de artículos de baño. Mientras se lavaba los dientes, fue a su clóset y buscó un suéter para cambiarse rápidamente cuidando que no le cayera pasta dental en la ropa que tenía ya puesta. Eligió un suéter *beige* cuello en V y lo descolgó con una mano mientras con la otra sostenía el cepillo de dientes. Se cambió, se amarró el pelo en una corta cola, se retocó los labios y bajó.

Caminó hacia la iglesia. Al entrar, se arrodilló y se sentó en la última fila, junto al pasillo central.

Beatriz prefería ir sola a la misa del domingo, sus padres tenían ya años sin invitarla para que fuera con ellos, porque Beatriz siempre se había negado, pues le parecía que nada delataba más a una solterona que ir a misa con su familia, y ella siempre decía que ella era soltera, no solterona, pues había sido una decisión voluntaria. Tampoco iba con las familias de su hermana Sofía o de su hermano Ignacio, si había decidido no casarse, tenía que afrontar esa soledad con todo lo que implicaba. El problema de la ida a misa sin nadie más que ella y su cristiana voluntad llegaba a la hora de dar la paz, cada quien se volteaba a dar la paz a sus familiares, mientras Beatriz permanecía de pie con los brazos cruzados, mirando al frente. No faltaba quien, luego de abrazar a los miembros de su familia, le ofreciera la mano, y ella la aceptaba con una cordial sonrisa mientras decía «la paz». Nunca decía «la paz esté contigo», se había acostumbrado, simplemente, a decir «la paz». Una vez, hacía un par de años, al momento de darle la paz a un hombre que había ido con su esposa, este le había dicho al verla:

—¡Si vos sois Beatriz Blanco!

Ella sonrió, supo de inmediato que era maracucho.

—Carolina, tómanos aquí una fotico.

Su esposa lo miró horrorizada:

—Alexis, estamos en misa.

—Ajá y qué, ¿vamos a esperar a estar afuera, el gentío saliendo, que todos vean? Aprovechá ahorita el bululú de la paz.

Su esposa sacó el celular y Beatriz le sonrió a la cámara mientras el hombre le pasaba el brazo por el hombro.

—Se la mandáis a tu mamá, Carolina —había dicho cuando ya su esposa tenía la cámara lista.

La foto fue tomada cuando el silencio normal de la misa estaba volviendo, así que más de uno volteó hacia donde estaban Beatriz y Alexis, el señor maracucho.

Pero escenas así eran muy esporádicas, casi inexistentes...

Ese día, la misa transcurrió con total normalidad. Cuando acabó, Beatriz salió y regresó caminando a su apartamento. Se dio una larga ducha de agua caliente y, de cena, se preparó un simple sándwich de jamón de pavo y queso suizo. Tenía mucho sueño, pero no quería dormirse tan pronto, porque sabía que se despertaría en la madrugada, aún no acostumbrada al horario de Venezuela. Sabía que si se acostaba a leer, se dormiría al segundo, podría ver televisión... pero no estaban pasando nada interesante. Se levantó a revisar su colección de películas. Sabía que lo único que lograría mantenerla despierta era una película de terror; estas películas serían, si las viera, su única fuente de adrenalina además del ejercicio. Beatriz iba al gimnasio cuatro veces a la semana, uno de esos días era los viernes a las siete de la noche, para así llegar a su casa cansada y dormirse de una vez.

Optó por desempacar mientras escuchaba música, buscó el *iPod* en su cartera y lo colocó en las cornetas, puso Juan Luis Guerra, nada la despertaría más. Beatriz seleccionó la opción del *iPod* que escoge las opciones aleatoriamente. La primera canción que comenzó a sonar fue «Visa para un sueño», una de sus favoritas. Si no es porque hacía dos días había escuchado «Moon River», ella no hubiera recordado esa vez en la que había bailado «Visa para un sueño» con Santos en una boda, cuando la canción había acabado de salir, más o menos un mes antes de que ella cortara con su relación.

Comenzó a desempacar con la canción de fondo. De rodillas, con una blusa en sus manos, Beatriz dijo, pensando en voz alta:

—Si algo no se le podía negar a Santos es que bailaba muy bien.

Se quedó allí, con la blusa en las rodillas y cerró los ojos para recordar mejor la escena...

V.
Recuerdo
de cuando había
bailado con *Santos*

—*Ven, Bea, luego la pista se llena mucho* y no podemos bailar bien —le había dicho Santos arrastrándola hacia la pista.

Beatriz había llevado puesto un vestido rojo. Quien los vio en ese momento, bailando y riendo, jamás imaginó que ya estaba en la mente de Beatriz terminar con esa relación, que parecía tan sólida a los ojos de los demás. Y la verdad es que sí lo era, pero ella estaba casi segura de que lo que verdaderamente quería lograr en su vida era el éxito profesional, pues amaba su carrera... tanto como a Santos. Cierto es que en esa boda había pasado tan buen rato que al llegar a su casa lloró en la almohada pues no sabía lo que en realidad quería hacer.

—Eres la más bonita de la fiesta —le había dicho Santos mientras bailaban.

—Síííí, Luis... —había dicho Beatriz mientras bailaban—, ahí te vi mirando a Federica.

—¿Qué Federica? —había preguntado Santos.

—No sé, la única que conozco... ¿Cuántas mujeres llamadas Federica puede haber?

—Yo conozco varias —había dicho Santos riendo—, por lo menos cinco.

—Oooh —había agregado Beatriz—, pues discúlpame por no ser tan popular como tú.

Santos rio y le dio un beso en la frente.

Y ese recuerdo había llegado por escuchar la canción «Visa para un sueño». Beatriz continuó desempacando...

VI.

Primer lunes de vuelta en Caracas

—Te traje tu manuscrito —saludó Beatriz mientras se sentaba frente a Diego, su editor, enseñándole una carpeta negra.

Diego Herrera se levantó de su asiento y saludó a Beatriz con un beso y un discreto abrazo. Siempre que se citaban para almorzar lo hacían en Aprile, pues a ambos les fascinaba el *tagliatelle de prosciutto* y crema de leche, y acostumbraban a compartir ese tazón de calorías sin sentirse tan culpables.

Una vez sentados, Beatriz le entregó el manuscrito.

—No lo abras aquí —le dijo a Diego justo cuando este se disponía a abrir la carpeta.

—Solo la primera frase, Bea, sabes que eso me dice todo —le dijo él.

Beatriz le permitió leer la primera frase con la condición de que no lo hiciera en voz alta. Diego sacó el manuscrito de la carpeta y leyó, sonrió, lo devolvió a la carpeta y no se habló más del asunto. Él se encargaría de llevarlo a la editorial y luego allí pasaría a los correctores, se discutiría la portada, etc., pero, en ese momento, solo querían conversar como amigos.

Beatriz pidió una limonada y Diego un té frío. El mesonero les preguntó si deseaban que les trajera la carta y ambos respondieron a dúo:

—Ya sabemos lo que queremos, desde la entrada hasta el café.

Diego le pidió a Beatriz que le hablara de su viaje a París:

—¿Fuiste a Le Florimond? —le preguntó.

Beatriz asintió:

—Delicioso... Pero el que más me gustó fue el que estaba frente a mi edificio: Le cherche midi. La comida es espectacular y, además, cuando fui, una familia se puso a cantar «I say a little prayer for you», como en la película *La boda de mi mejor amigo*.

—No te creo, qué cómico —dijo Diego mientras cortaba un pedazo de pan con la mano.

—Sí, sí, tal cual como en la película, bellísimo. Y todo el restaurante palmeaba al ritmo de la canción mientras ellos cantaban. Al final, el restaurante les regaló una torta de la casa.

—Qué bonito, Beatriz.

—¡Lo máximo! Es que yo amo esa escena de la película, entonces vivirla en la vida real... Bueno, no vivirla, pero sí verla, estar, por lo menos, en el mismo sitio. Me encantó.

El mesonero se acercó a preguntarles si querían ordenar su comida. Diego pidió un *carpaccio* de lomito de entrada. El señor tomó la orden y se alejó de la mesa. Beatriz continuó hablando de París, de los sitios a los que había ido, de su apartamento, de su día a día en la ciudad.

—Te fuiste seis meses... Hiciste falta, Bea.

Le trajeron el *carpaccio* y permitió que Beatriz le quitara un poco.

Y, cuéntame tú, ¿qué hiciste estos seis meses? —le preguntó Beatriz.

Diego, mientras, apartaba la cesta de panes para evitar seguir comiendo.

—Trabajar, corregir mucho, Navidad la pasé aquí con la familia, esperar tu manuscrito... lo de siempre.

Beatriz rio ante el comentario y se tapó la boca con la servilleta. Se acercó una señora a saludar a la mesa:

—¡Bea!, tiempo sin verte, ¿cómo estás?

—¡Tita, hola! Es que estaba de viaje. Me fui por seis meses —saludó Beatriz mientras se levantaba de su silla.

—Ay qué rico, eso es lo que me hace falta a mí. Mira, te quería decir que leí tu libro *Pintura de recuerdo*, bello. Felicitaciones.

—Gracias, justo ahorita le estoy entregando a Diego, mi editor, aquí te lo presento —dijo mientras señalaba a Diego con la mano—, el manuscrito de mi próximo libro. Espero que compres un ejemplar.

—Por supuesto, cuenta con eso. Bueno, buen provecho. Me voy que me están haciendo señas en la mesa —se justificó Tita volteando los ojos.

Se despidieron con un beso en la mejilla. Tita se alejó a su mesa, una mesa grande y algo ruidosa de puras mujeres. Beatriz volvió a sentarse.

—La conozco del gimnasio—le comentó Beatriz a Diego.

Les trajeron la pasta dividida en dos platos; los siguientes minutos transcurrieron en silencio. Diego lo rompió haciéndole a Beatriz una pregunta que nada tenía que ver con su conversación anterior. Diego siempre la sorprendía con preguntas imprevisibles y fuera de contexto que a Beatriz la entretenían mucho.

—Bea —comenzó Diego sin mirarla mientras enrollaba su pasta—, ¿desde cuándo no sales a bailar?

Beatriz hizo un gesto negando con la cabeza, que quería decir «Diego, no dejas de sorpenderme». Esperó a tragar y respondió de manera muy natural:

—La última vez que fui a Le Club, estaba aún en la torre Letonia y yo podía usar minifaldas.

—Bea, si quisieras, tú aún podrías usar minifaldas —le dijo Diego con sinceridad.

—No, Diego, una mujer que pasa de los treinta años, así tenga las piernas espectaculares, no puede usar ya minifaldas, se ve tan ridículo... y no es que mis piernas sean espectaculares, precisamente.

—Así que me estás diciendo que no vas a una discoteca desde tus veinte, ¿es así?

Beatriz asintió, probó otro bocado de su pasta y al tragar continuó explicando:

—Es que, de repente sentí que ya no era para mí, que ya estaba en la edad de que si salía a discotecas iba a parecer como una señora desesperada buscando hombre. No me gustan ese tipo de mujeres que sale en grupo y, además, todas con escotes, uy no, no quería y no quiero que me relacionen con eso, así que...

—Así que de la noche a la mañana cambiaste las discotecas por cenas, bautizos de libros y un vino sola en tu casa —intervino Diego.

Beatriz se encogió de hombros y le dijo:

—Sí, más o menos. Pero ojo, aún me invitan a bodas y en una boda siempre bailo, no es que de la noche a la mañana dejé de bailar. Amo bailar, la verdad es que soy una persona bastante musical.

—¿Con quién bailas? —preguntó Diego.

—Bueno, Diego, tengo tíos y primos, sobrinos... —dijo Beatriz mientras se limpiaba con la servilleta de tela.

Diego asintió, mientras un «interesante» se escapaba de sus labios.

—¿Qué? —le preguntó Beatriz.

—Nada, nada...

—Me quieres preguntar algo más —dijo Beatriz, entrelazando sus dedos—, dale.

—Es que... Bea... ¿qué haces tú los viernes en la noche?

Beatriz sonrió y recordó a Andrea, la joven del aeropuerto y se preguntó por qué, en tan poco tiempo, dos personas habían hecho preguntas referentes a su soltería. Sabía que Diego se atrevía a preguntarle eso porque ya llevaban más de diez años de amistad, y, la verdad, no le molestaba responder.

—Pues... —dijo mientras tomaba su copa de agua— yo voy al gimnasio los viernes a las siete. Llego a mi casa a las ocho y media a bañarme, me preparo algo de cenar, siempre algo fácil, tipo un sándwich, un plato de frutas. Luego, veo una película en mi cuarto o leo algo y me quedo dormida. Aunque los viernes es más común que vea una película. Recuerda que yo me levanto muy temprano, entonces me da sueño temprano... Pero si no tengo sueño, también me tomo una copa de vino y pongo música.

Se miraron en silencio, y Beatriz agregó:

—Claro, a veces tengo alguna cena o evento, o algo con mi familia, pero creo que lo que te interesaba era qué hacía los viernes en mi casa.

—Está muy bien, Bea.

Beatriz se encogió de hombros mientras asentía:

—A mí me gusta...

—Y... la soledad...

Beatriz volvió a sonreír y habló antes de que su amigo terminara la oración:

—A veces pega, claro... como a veces las parejas se pelean, la soledad tiene sus altibajos también.

—Fíjate que yo, como sé que fue una decisión tuya, pensaba que no pegaba...

—¡No! —saltó Beatriz, luego sonrió tristemente y agregó:

—Para lo único que sirve eso de que estar sola haya sido decisión propia es para la autoestima.

Diego no respondió de inmediato. Permaneció callado unos segundos y preguntó:

—¿Cuál es tu historia?

Beatriz lo miró con suspicacia.

—¿Cómo que mi historia? —preguntó arrastrando las palabras y de un modo monótono.

Diego apretó los labios y se atrevió a continuar:

—Sé que tu último novio fue ese Santos.

—Sí...

—¿Terminaste con él y luego decidiste que no te querías casar o terminaste porque decidiste que no te querías casar?

—La segunda... estando con él me di cuenta de que no me quería casar.

—Entonces tú no lo amabas.

—No, vale —dijo Beatriz negando con la cabeza, hasta riendo—. Yo a Santos lo amaba. Te lo puedo decir —agregó mirando a Diego a los ojos—, que yo de Santos no tengo ninguna queja. Era espectacular. Lo amaba y mucho. Me encantaba.

—Terminar tiene que haber sido muy difícil, entonces. No entiendo. De verdad que yo a veces no te entiendo.

—Sí... lo hizo más fácil el hecho de estar segura de que estaba haciendo lo correcto y que estaba dejando algo que me gustaba, porque, de verdad, Santos me gustaba, por algo que, a la larga, creía que me haría más feliz y me traería más satisfacción que casarme con él.

—¿Y si hubiera llegado otro hombre que te hubiera gustado más que él?

—No, no —respondió Beatriz acomodando sus cubiertos en el plato de manera que el mesonero supiera que había acabado—. O me casaba con Santos o no me casaba y punto.

—Entonces, sí lo querías, Bea.

—¡Claro! ¿Qué? ¿Te vas a poner como él? Diciéndome que no tengo corazón...

—No, para nada. ¿Te dijo eso?

Beatriz asintió.

—Cuando terminé, sí...

—¿Cómo fue, Bea?

VII.

Recuerdo

de cómo había sido
la *ruptura* entre
Santos y Beatriz

Había sido en casa de Beatriz. Ya Santos la había llamado desde su casa para decirle que iría a buscarla para cenar. Beatriz le había dicho que por favor se bajara al llegar. A Santos le había extrañado un poco esa petición, sin embargo, no se preocupó. Manejó tranquilamente a casa de Beatriz, en la radio sonaba la canción «September», de Earth, Wind, and Fire. Al llegar, estacionó y se bajó a tocar el timbre. No fue Beatriz quien le abrió la puerta, sino la señora María, la señora de servicio que llevaba trabajando unos siete años en la casa de los Blanco. Esto no extrañó a Santos en lo más mínimo pues, aunque era Beatriz quien normalmente abría, a veces no podía pues estaba aún arreglándose para verlo, pero esta vez no era esa la razón. Santos entró y fue directamente a la cocina, al escuchar voces que venían de allí. En efecto, estaban la señora Mercedes y su esposo Ernesto conversando. Saludaron a Santos que, hacía ya tiempo, había dejado de ser una novedad, y el señor Ernesto le ofreció una bebida. Santos aceptó y le preguntó a la señora Mercedes por Beatriz.

—Ya debe bajar —le respondió la señora Mercedes sin pensar, guiada por la costumbre.

Se escucharon unos pasos y Beatriz apareció en el umbral de la cocina. Se apoyaba con ambas manos del marco de la puerta. Al verla, Santos sonrió y se le acercó para saludarla. Beatriz saludó con un simple «Hola, Santos» y le hizo una seña con la cabeza para que la siguiera a la sala de estar, donde ella recibía sus visitas. Caminaron en silencio, Santos le sobó la espalda a Beatriz mientras caminaban. Al sentarse en el sofá, Santos se dio cuenta de que algo andaba mal, porque Beatriz no se sentó de cara a él, apoyando el hombro en el sofá, mirándolo; sino con la espalda recta, pegada del respaldar, sin verlo, apretando los labios, sin saber cómo empezar. Santos, al verla, suspiró y le dijo:

—Quieres terminar...

Beatriz se volvió a verlo, con los ojos luminosos y solo pudo decir, aunque sabía que era una respuesta terrible:

—¿Cómo sabes? —Su voz sonó entrecortada. Su mirada era de tristeza.

Santos cerró los ojos y apretó también los labios. Apoyando la cabeza en su mano derecha, mirando al piso, volvió a suspirar y dijo:

—Tienes como dos meses intentando terminar por cualquier excusa, pero yo te he rogado y vuelves... pero ya estoy harto, no puedo...

—Santos... —dijo Beatriz, que no sabía qué decir, simplemente no quería oír lo que él estaba diciendo, pues le dolía.

Santos volvió su cara para verla. Beatriz tomó aire y dijo:

—Santos, esto no tiene nada que ver contigo.

Santos apretó de nuevo los labios y dijo molesto:

—No quiero escuchar un «no eres tú, soy yo».

Beatriz hizo silencio, intentó ordenar sus ideas, y dijo:

—Santos, mira, es que... tengo tiempo pensando y, de verdad, no creo que este sea mi camino. —Beatriz desvió su mirada hacia un lado para no ver a Santos y, bajando la cabeza, pues no sabía cómo expresar lo que tenía en mente ya que, no importaba cómo lo dijera, sería muy triste. Dijo en voz baja:

—Yo no me quiero casar... quiero escribir, quiero dedicarme a escribir, quiero dedicar mi vida a eso y... eso es lo que quiero. Quiero crecer profesionalmente y...

Elevó su cara para ver a Santos que la miraba molesto y sin comprender. Continuó hablando pues supo que él no diría nada.

—Una vez leí que hay gente que está llamada a permanecer soltera...

—«Gente que está llamada a permanecer soltera» —repitió Santos—, a ver, explícame esa, porque cuando empiezas a meter esos términos religiosos que te encantan de «vocación», ¿cuál es el otro? Ajá, «Providencia», «llamados», yo me pierdo, Bea.

Beatriz suspiró, luchando, una vez más, por organizar bien lo que quería decir:

–A ver... hay gente que está destinada –acentuó esa última palabra– a permanecer soltera, pues ese estilo de vida los hace más felices y son personas que llevan una vida de libertad y esa libertad es lo que les da la felicidad que a otros les da el amor conyugal... esas personas que no se casan, tienen más tiempo libre para dedicarse a su trabajo, hacer obras sociales, ser un miembro más activo en su sociedad y... esa es la vida que yo quiero –dijo esa última frase de manera atropellada pero lo suficientemente comprensible como para que Santos entendiera.

Santos continuó callado. Mirándola, con visible dolor.

–Y... si esa es la vida que quiero –continuó Beatriz–, que es sola, sin casarme, creo que es un egoísmo continuar en una relación que se sabe que se va a acabar, pues te estoy quitando tiempo a ti de conocer a otra persona.

–Ah, entonces me estás haciendo un favor –dijo Santos.

Beatriz no supo qué responder a eso, pues, la verdad, sí sentía que le estaba haciendo un favor, pero no podía decirle que sí, esa respuesta lo haría estallar, así que dio una respuesta algo más rebuscada.

–Solo digo que, si sé que no me voy a casar, no tiene sentido continuar en una relación pues, simplemente, estaría haciendo más difícil una ruptura inevitable, y mientras vaya pasando el tiempo, va a ser cada vez más dolorosa, así que es mejor acabarla ya, porque, si no, estaremos en una situación más y más vulnerable.

Santos se levantó sin decir nada, dio algunos pasos sin rumbo, Beatriz lo observaba, esperando a que dijera algo. Santos se detuvo dándole la espalda, se pasó las manos por la cara y el pelo. Luego, volteó para mirar de nuevo a Beatriz y le dijo:

–¿Eso es de verdad lo que quieres?

Antes de asentir, Beatriz permaneció algunos segundos en silencio, mirándolo, y dos silenciosas lágrimas resbalaban por sus mejillas. Al verla asentir, Santos dijo, mientras su enojo iba aumentando gradualmente:

–¿Y todo lo que vivimos? ¿Nuestros planes? ¿Nada de eso vale nada? Nuestros sueños... Me estás cambiando por una vida dedicada a ti, solo a ti. Me estás cambiando por un sueño profesional. No lo puedo creer, Beatriz. Y lo más triste es que sé que no te puedo rogar más porque ya habías tratado de terminar antes, así que de verdad sé que no quieres estar conmigo... ¿Por qué, Beatriz? ¿Qué es lo que quieres?

–Ser escritora.

–Y ya. Crees que eso te va a llenar... ¿dónde está tu corazón, Beatriz?

–Yo tengo corazón, Santos –respondió Beatriz, aún desde el sofá, mirándolo seriamente, herida por esa pregunta–. Te dije que quiero ayudar a la gente, que no casarme me va a dar más tiempo libre para ayudar al mundo de una manera distinta.

–Entonces... ya. Terminamos porque quieres ser una solterona el resto de tu vida. –Santos se masajeó los párpados con su mano izquierda–. No puede ser.

–Santos –Beatriz se levantó y lo tomó suavemente por su brazo–, ¿hay algo de malo en tener planes distintos? ¿Hay algo de malo en querer ser una escritora soltera, en vez de una ama de casa casada? No creo... yo no veo nada de malo en ninguno de los dos caminos. Nada.

–Y, ¿dónde está «escritora casada»?

–No es el que quiero Santos. En serio, tú sabes lo entregada que soy... sé que me voy a dedicar mucho a mi trabajo, y un esposo, quien sea, no lo aguantaría. Quiero tener libertad.

–Libertad... –repitió Santos, desviando su mirada hacia un lado–. ¿Tú sientes nuestra relación como una cárcel, Beatriz? ¿Es eso? ¿Te sientes presa?

–No, Santos. –Beatriz tomó la cara de Santos entre sus manos–. No me siento presa. Pero, claro, que una vida de soledad es más libre. Eso es un hecho.

–Ay, Beatriz... –fue lo que dijo Santos, con dolor, genuino dolor.

Beatriz lloró, deslizando las manos de la cara de Santos hasta sus hombros. Continuaba mirándolo. Se miraron en silencio. Santos, sabiendo que no había nada más que hacer, tomó las manos de Beatriz y las retiró de sus hombros. Caminó en silencio hasta la puerta, mientras Beatriz lo miraba. Beatriz lloraba, Santos no. Al llegar a la puerta, volteó a verla y le dijo:

—Tú eras mi mejor amiga, Beatriz, y yo nunca te hablé de boda para no asustarte, quizá porque siempre supe esto, porque me aterraba perder a mi mejor amiga. —Apoyó su mano en el marco de la puerta—. Te voy a extrañar, qué quieres que te diga, me caes muy bien.

Y salió...

A Beatriz le llamó la atención que no dijo algo como «te amaba mucho» sino «me caes muy bien», y se sorprendió de que eso le doliera aún más, no que no le dijera que la amaba, sino que él tenía razón, es que ellos dos, además de ser novios, eran mejores amigos y, precisamente, «se caían muy bien», y fue así como Beatriz se dio cuenta de que lo extrañaría. Se echó en el sofá y lloró...

VIII.

Lunes
en la noche

A las cinco de la tarde Beatriz estaba en su casa leyendo, acostada en el sofá. Vio el reloj y decidió que ya era hora de arreglarse. Se dio una corta ducha, se puso una bata y fue a la cocina a servirse una copa de vino. Beatriz era una persona bastante sana, pero para ciertas ocasiones le gustaba tomarse su copa de vino, y una muy específica era a la hora de escoger un atuendo para cualquier evento social.

El evento era la presentación de un nuevo libro en El Buscón, previsto para las siete de la noche.

Con su copa de vino y envuelta en una suave bata blanca, Beatriz se paró en medio de su clóset para escoger la ropa. Decidió que se pondría un sencillo vestido negro sin mangas sobre la rodilla y que llevaría un chal en la mano por si pasaba frío. En una hora ya estuvo lista. Llamó a Torres y este le dijo que estaba abajo esperándola. Beatriz bajó y le recordó que debían ir a Paseo Las Mercedes. El chofer encendió automáticamente la radio y sintonizó la emisora 99.9 FM, única emisora que escuchaba Beatriz y a la cual ya él se había acostumbrado e incluso tomado el gusto. Estaban al aire Alba Cecilia Mujica y Sergio Novelli haciendo publicidad, promocionaban las galletas Katy, cubiertas de chocolate y con crema de avellanas.

—Extrañaba esto —le comentó Beatriz al señor Torres—, pasé seis meses sin escuchar las cuñas de las galletas Katy, ¿usted las ha probado, Torres? Le confieso que a mí me da mucha curiosidad, he escuchado tanto la propaganda que ya decidí que compraré un paquete cuando vaya al súper. Además que la pintan como la mejor galleta del mundo.

—Sí las he probado, señora Beatriz —respondió el chofer sin apartar la vista del camino.

—¿Sí? —preguntó Beatriz mirando al señor Torres por el espejo retrovisor— ¿Y son buenas?

–Muy buenas, señora, la verdad es que sí. Cómprese unas –la incentivó.

–Le voy a hacer caso –respondió Beatriz.

Gran parte del camino estuvieron en silencio escuchando a los dos periodistas informando sobre los sucesos ocurridos a nivel nacional e internacional.

Había mucho tráfico, llegaron a Paseo Las Mercedes en cincuenta minutos, diez minutos antes de que iniciara oficialmente el bautizo del libro. Beatriz le dio las gracias al señor Torres, le aconsejó que fuera a algún sitio a cenar y le dijo que ella lo llamaría para que la buscara.

–Pero trate de no alejarse tanto, aunque probablemente a esa hora ya no haya tráfico.

–No se preocupe, señora Beatriz –la tranquilizó el chofer.

Ella le sonrió, asintió y se alejó.

–Este bautizo es diferente, no será con pétalos de rosa –le comentó Arturo a Beatriz.

Arturo era amigo de Beatriz desde la universidad y recientemente había sido nombrado Individuo Número de la Academia Venezolana de la Lengua.

–¿No? –preguntó Beatriz con curiosidad– ¿Y qué utilizarán? ¿Qué flor?

–Ninguna flor, Bea, cerveza.

Beatriz abrió los ojos incrédulamente y se puso a reír.

–Villalobos no cambia –dijo entre risas–, ¿cerveza? ¿Y no se daña el libro?

–Es empastado y no sé, será que quiere que le quede el olor de la cerveza para siempre, o la mancha en las páginas, qué sé yo.

Beatriz saludó al autor del libro que iba a ser bautizado y bromearon un rato sobre el asunto de la cerveza. Llegaron más personas que conformaban la élite intelectual literaria nacional y se iban saludando, conformando así un grupo bastante interesante para quien los viera de lejos, pero para ellos era una reunión de amigos que se sentían como en casa, pues los bautizos en El Buscón eran su día a día. Beatriz saludó con mucho cariño al matrimonio Linares, ambos eran académicos de la Lengua que se habían conocido en primer año de la universidad.

—¿Cuándo vas a escribir una novela sobre nuestra historia, Bea? —le preguntó el señor Linares a Beatriz, como ya era su costumbre.

—Pronto, pronto —respondía ella siempre—, pero primero tienen que invitarme a su casa y echarme el cuento completo.

—Cuando quieras...

Inició el bautizo del libro. Una lata de cerveza fue vaciada sobre el libro que estaba siendo bautizado frente a las miradas de sorpresa y la risa de los convidados. Todos aplaudieron y fueron pasando a la librería El Buscón para comprar un ejemplar. Al tener su ejemplar en la mano, Beatriz se acercó a su amigo Arturo que le dijo que ya había leído la primera línea del libro, que no le había gustado y que ni se molestaría en leer el resto.

—¡Arturo! Sí eres intenso —le dijo Beatriz como regañándolo pero, la verdad, reía y buscaba la página de inicio del primer capítulo para leer la primera línea en voz alta:

—«El sol de octubre brillaba en el cielo». —Beatriz subió la mirada y levantó la ceja.

—Primero que todo —comenzó Arturo—, el sol no brilla en el cielo, brilla en el espacio y, segundo, aquí no estamos en un país con cuatro estaciones, en los que sí hay diferencia entre el sol de octubre y el sol de agosto. Aquí lo que hay es lluvia y calor, o sequía. Además, el sol siempre brilla, aunque no quiera. Toda esa oración es una pérdida de tiempo y un error y, si esa es la primera oración, que es, a mi juicio, la más importante, no quiero saber cómo será el resto del libro.

—Yo creo que deberías darle otra oportunidad, a mí me ha gustado lo que he leído de Villalobos y a ti también.

—No tanto, solo finjo para no quedar siempre como el criticón o «intenso» como me dices tú a veces.

—Voy a leerlo y te digo qué me parece, ¿okey?

—Dale, pero te apuesto un café a que no te va a gustar.

—Vamos a ver...

Cuando acabó el bautizo Beatriz salió del Trasnocho. Entró en la camioneta y vio que en el asiento había un pequeño paquete de galletas Katy.

—¡Torres, deje de consentirme! —exclamó con fingida molestia. El señor Torres la miró sonriendo desde el retrovisor.

Beatriz abrió el paquete y probó la galleta.

—Buenísima, Torres. Ya entiendo.

IX.

Beatriz

intenta llamar a

Santos

Al día siguiente, se despertó a las siete de la mañana. Beatriz tenía la costumbre de levantarse a las cinco y cuarenta de la mañana para escribir; sin embargo, cuando entregaba un manuscrito se regalaba a sí misma dos semanas en las cuales despertaba a la hora en que sus ojos lo decidieran. Beatriz se levantó y se fue a la cocina a encender la cafetera.

Ese día Beatriz iría a almorzar a casa de sus padres, a quienes no había visto luego de su regreso de París. Únicamente desayunó un cereal, luego ordenó un poco su apartamento y se acostó en el sofá a leer un rato esperando a que fuera el momento de bañarse para salir.

Se vistió con un pantalón *beige*, una blusa blanca cruzada con un lazo y unos altos tacones de piel de serpiente. Tomó su cartera, se puso sus lentes de sol y salió rumbo a casa de sus padres. En la radio sonaba la canción «That's what friends are for», de Dionne Warwick; Beatriz amaba esa canción, subió el volumen... Estaba pasando por la Plaza La Castellana, eran las doce y media y los empresarios, secretarias, pasantes, gerentes, abandonaban las oficinas para almorzar. Beatriz estaba tan absorta en la canción que no vio cuando un hombre se disponía a atravesar la calle, lo vio ya cuando estaba al frente y a escasos metros de distancia. Ella frenó de golpe y, al ver al hombre que casi atropella cruzar la calle sin inmutarse, pues iba distraído hablando por el celular, sintió un vacío en el estómago. Estuvo sin poder avanzar algunos segundos, hasta que las cornetas de los carros de atrás la sacaron de su trance. Buscó al hombre a través del espejo retrovisor, iba cruzando la plaza, probablemente almorzaría en Chez Wong. Beatriz apagó la radio y respiró profundamente. Era Santos. Desde que le había dicho que quería ser escritora, pocas veces había coincidido con él, los constantes viajes de ambos no ayudaban para nada. Más que tristeza, Beatriz sintió una gran molestia:

—No puede ser que tengo veintidós años sin intercambiar una palabra con el orgulloso ese y todavía me tiembla la mano cuando lo veo —exclamó en voz baja visiblemente azorada.

Al llegar a casa de sus padres, Beatriz decidió apartar la imagen de Santos de su mente. Para su sorpresa, no fue tan difícil, entró en la casa de sus padres, quienes la saludaron con mucho cariño y se sentó a almorzar con ellos mientras les contaba de sus seis meses en París.

Comieron *roast-beef* acompañado de torta de maíz y arroz. Beatriz les habló tranquilamente de su viaje, haciendo hincapié no tanto en sus visitas turísticas a museos y monumentos famosos, sino en su vida como habitante de París, que era lo que más le llamaba la atención a su madre.

—Y, Bea, cuéntame cómo era tu apartamento —le preguntó la señora Mercedes, la madre de Beatriz, a su hija.

—De una habitación, sin puerta, por cierto, la única puerta era la que aislaba el retrete porque incluso la bañera era visible desde la sala si a alguien se le ocurría asomarse. Si te lo describo no va a sonar tan agradable a como era. Tenía un pequeño balcón y me asomaba a veces en las noches con mi acostumbrada copa de vino. En las mañanas me levantaba, me bañaba, en una tina por cierto, y salía con el pelo mojado a comprar mi desayuno en la panadería de la esquina.

—Qué delicia, Bea —dijo su madre con un suspiro.

—Lo máximo, mamá... A ver... luego de desayunar, escribía hasta el almuerzo, de ahí me arreglaba y salía a almorzar a cualquier *brasserie*.

—Qué sabroso, de verdad —volvió a comentar la madre de Beatriz—. Tienes una vida espectacular, te felicito, hija.

—Cuidado, Merce. Está muy bien que Bea haya decidido no casarse y dedicarse a su carrera profesional, pero me preocupa que a ti te atraiga esa vida. Me escogiste a mí, te recuerdo —le dijo el padre de Bea a su esposa.

–Pues escuchando los comentarios de nuestra hija, estoy dudando sobre si tomé la decisión correcta –respondió la señora Mercedes, tras lo cual se echó a reír ella sola y se inclinó para darle un beso a su esposo–. Por supuesto que tomé la decisión correcta –le dijo por fin.

El señor Ernesto, el padre de Beatriz, le sonrió a su esposa y tomó su mano sobre la mesa.

Beatriz le sonrió a su madre puesto que cada vez que entre ella y su esposo había alguna muestra de cariño, la señora Mercedes miraba a Beatriz con un destello de vergüenza, como pidiéndole perdón por evidenciar ante sus narices las demostraciones de cariño que existen entre un hombre y su esposa, y que ella no podía tener. Beatriz se limitó a sonreírle como queriendo decir a su madre que no le importaba, que, al contrario, le gustaba ver que entre sus padres aún existía ese cariño. La señora Mercedes cortó esa breve conversación de gestos y miradas levantándose de su asiento para buscar el postre en la cocina. Había cocinado un *pie* de limón. Regresó y lo depositó en medio de los tres cortando un pedazo para cada uno. Cuando se sentó recordó que debía notificarle algo a su hija.

–¡Bea! Se me había olvidado decirte. –La madre de Beatriz esperó a tener la completa atención de su hija. Al ver su mirada, Beatriz supo que no era una buena noticia. Su madre apretó los labios y dijo:

–Hace tres meses, más o menos, murió Anita Ibarra de cáncer de estómago, parece que fue rapidísimo. No te quise decir mientras estabas en París. Perdón, quizá debí haberlo hecho.

Beatriz permaneció unos segundos en silencio, Anita Ibarra era la esposa de Santos.

–Pero si yo vi a Santos hoy, atravesando la plaza La Castellana. –Fue todo lo que pudo responder.

–Bueno, nunca dejó de trabajar, recuerda que eso ayuda mucho a distraerse...

–Qué horrible... –dijo Beatriz–. Pobre Santos, enviudó superjoven. Y dicen que ella era buenísima. Qué horrible.

—¿Tú nunca la conociste, Bea? —le preguntó su padre.

Beatriz negó con la cabeza.

—La vi a ella y a Santos varias veces, pero nunca nos presentaron.

—¿No?

—No, Santos no me saluda... Bueno, yo tampoco, la verdad...

A este comentario sus padres se limitaron a permanecer en silencio.

—Los invito a almorzar mañana a mi casa —dijo Beatriz para cambiar el tema—. Estoy en mis dos semanas de vacaciones, así que no escribiré en la mañana, lo que significa...

—Que nos vas a preparar un almuerzo delicioso —terminó el señor Ernesto.

—Exactamente, ¿les parece bien? —les preguntó Beatriz mientras se levantaba para llevar su plato a la cocina. En ese momento apareció la señora María, quien había trabajado con los Blanco desde que Beatriz tenía quince años.

—¡Señora María! —la saludó Beatriz genuinamente contenta.

—Hola, señorita Bea —se dieron un abrazo—, déjeme ahí que yo recojo —luego, dirigiéndose a la señora Mercedes—, disculpe, señora Mercedes, es que estaba arreglando su cuarto.

—No te preocupes, María —le respondió la señora Mercedes.

Beatriz acompañó a la señora María a la cocina y mientras esta lavaba los platos Beatriz le fue contando ciertas historias de su viaje. Así había sido desde siempre, solo que las historias habían ido cambiando. Beatriz pasó de contarle a la señora María sobre quién la había sacado a bailar en qué fiesta a contarle sobre sus viajes de «escritora-solterona» como la llamaba a veces la señora María a manera de juego, lo que Beatriz aceptaba de muy buen grado, pues consideraba a la señora María una amiga y una gran confidente.

—¿Y le contó su mamá, señorita Beatriz?

—¿Lo de Anita? Sí... me da un dolor con Santos, de verdad.

—Yo le voy a decir algo, señorita Beatriz, yo acompañé a sus papás al velorio y, cuando lo vi, me acordé de la cara que tenía cuando usted le terminó, ¿se acuerda que él vino para acá al día siguiente?

—No, María, luego de que terminamos yo no lo vi más, solo de casualidad en la calle y el día de su boda, que hasta el sol de hoy me arrepiento de haber ido.

—Ay, señorita Beatriz, él vino al día siguiente que usted le terminó, pero usted no estaba, todavía me acuerdo. Tenía una cara, señorita Beatriz, que cualquiera hubiera vuelto con él, hasta usted que estaba tan segura de que quería terminar. Yo no me he olvidado de esa cara. Me partió el corazón Santos ese día.

—¿Por qué no me contaste que había venido? —le preguntó Beatriz.

—Porque sabía que usted no iba a hacer nada —le respondió la señora María encogiéndose de hombros, y estaba en lo cierto, Beatriz lo sabía—. Bueno, lo que le quería decir, señorita Beatriz, es que en el velorio, cuando lo vi, me quedé loca.

—¿Por qué?

—Porque lo vi llorando igualito a cuando usté le terminó, ¿entiende? Le dolió igualito que usté le terminara a que su esposa muriera... y ellos estuvieron casados como veinte años me dijo su mamá, y con usté lo que duró fue como dos años apenas. ¿Vio? Yo creo que eso dice algo.

Beatriz sonrió y dijo:

—Yo creo que su cara de tristeza es siempre la misma y ya.

—Ay, señorita Beatriz, con usté no se puede chismear, es muy discreta... diplomática como dicen.

—Señora María, yo escribo de mi vida y de todo lo que oigo en la calle, soy todo menos discreta.

Beatriz volvió a la sala y se sentó con sus padres a conversar otro rato, hasta las cuatro de la tarde, cuando regresó a su casa.

Mientras iba en el carro, Beatriz repetía en su mente, como un desgastado video, los comentarios de la señora María sobre la tristeza de Santos cuando ella había terminado la relación. Ella no tenía ni idea de que Santos había ido a buscarla al día siguiente, le pareció increíble que hubiera abandonado su orgullo para rogarle que volviera con él. Beatriz volvió a su casa y se preparó otro café. Mientras el café se hacía, fue a su cuarto a cambiarse los tacones por unas pantuflas. La asaltó la idea de llamar a Santos a darle el pésame. Si Santos había ido a buscarla, ¿por qué no podía ella darle el pésame? Habían sido novios, los padres de ambos eran amigos, esas eran razones suficientes para llamarlo.

Con la taza aún en la mano, buscó la guía telefónica y, sentándose de nuevo en la mesa, pasó las páginas buscando la letra E, de Escalante, que era el apellido de Santos. No *puede ser*, pensó Beatriz, *ni porque han pasado veintidós años, y ni porque soy ya una mujer madura, dejo de sentir este nudo en el estómago.*

Buscó el teléfono inalámbrico y marcó el número. Repicó. Beatriz tomó la servilleta que utilizaba para no quemarse con la taza y sin darse cuenta la volvió añicos. Nadie contestó. Trancó frustrada. Lo llamaría más tarde.

No había terminado de levantarse de la mesa cuando el teléfono sonó. Lo tomó sintiendo el corazón en la garganta, vio que el número en la pantalla era justamente el que ella acababa de marcar. Presionó el botón verde para contestar y, tapándose los ojos con la mano que le había quedado libre, preguntó:

—¿Santos?

—No, Álvaro, disculpe. Acabo de comprar el apartamento donde vivía Santos. Mi esposa y yo nos mudamos hace una semana para acá.

—No se preocupe —dijo Beatriz—, ¿tiene, por causalidad, el número de Santos?

—Sí, tengo su celular.

—¿Me lo puede dar, por favor?

Beatriz tomó su celular para anotar...

—0414-6311640

Al trancar, Beatriz presionó la tecla verde de su celular y respiró hondo al oirlo repicar por primera vez... Santos no contestó. Quizá estaba ocupado... decidió que lo llamaría más tarde, o al día siguiente.

Al día siguiente, día en que Beatriz había invitado a sus padres a almorzar, preparó unos espaguetis con salsa de tomate y hongos. Sacó además unas alcachofas de la gaveta inferior de la nevera y las puso a hervir.

Cuando ya estaba todo listo, fue a cambiarse el mono de deporte y la franela que llevaba puestos. Se vistió con un pantalón blanco y una blusa turquesa sin mangas. Se maquilló, como siempre, sin escatimar en rímel y tampoco en perfume.

—Está delicioso, Bea, como siempre —la felicitó el señor Ernesto.

Estaban los tres sentados en el comedor del apartamento de Beatriz.

Luego del postre, el señor Ernesto tuvo que irse a una reunión de trabajo. Su mamá se quedó para ayudarla a recoger y luego tomarse un café. Beatriz le contó que había llamado a Santos, pero que este no le había atendido la llamada.

—Llámalo de nuevo —dijo la señora Mercedes, que no veía ninguna complicación en el asunto.

—¿Tú crees?

—Claro, Bea. Ustedes, más que novios, eran mejores amigos.

Beatriz no lo pensó dos veces y se levantó a buscar su celular. Presionó la tecla verde, buscó entre sus llamadas más recientes y tocó la pantalla sobre el número de Santos. Lo escuchó repicar de nuevo... nada.

—No contestó —dijo—. Bueno, por lo menos está ocupado, así no piensa tanto, que eso es lo que más deprime.

—O quizá no te quiere contestar —dijo la señora Mercedes a modo de broma.

—No creo que él tenga mi número.

—Es molestando, hija.

—Aunque de Santos se puede esperar cualquier cosa. Él es capaz de haber conseguido mi número y guardarme como «No contestar».

—Beatriz, por Dios.

—Obviamente no lo va a hacer conmigo, eso sería darme mucha importancia, pero sí es capaz de hacerlo con alguien más.

Era sábado en la noche y Beatriz se encontraba sola en su casa, escuchando música y tomando una copa de vino tinto. Sonó el celular desde su cuarto y, saliendo de su trance, fue a atenderlo presurosa. Durante esos días, cada vez que recibía una llamada, Beatriz creía que era de Santos, pero ese nunca era el caso. Era Diego, su editor, y no quiso contestar.

Le parecía impresionante cómo habían pasado de ser los mejores amigos a eso, a nada. Y pensar que eso había pasado en el mundo millones de veces, y que continuaría sucediendo, parejas que alguna vez se amaron que, tras una ruptura, acababan por tratarse como desconocidos. Beatriz fue hacia su biblioteca para buscar un libro con el que entretenerse, pues el estar siempre sola la obligaba a pensar mucho. Recorriendo los libros con la mirada, tropezó con sus dos tomos de las obras completas de Sigmund Freud. Al verlas, sonrió, pues esos libros le recordaban el día en que había conocido a Santos.

X.

Recuerdo
de cómo se habían
conocido
Santos y Beatriz

A Beatriz le había llamado la atención el joven Santos desde que lo había visto por primera vez caminando por la universidad. De vez en cuando se lo cruzaba caminando por la universidad e intentaba hacer contacto visual y, si lo lograba, le sonreía con una de esas tímidas sonrisas en las que no se muestran los dientes y la persona se encoge de hombros imperceptiblemente. No era nada, pero era una pequeña ilusión, y Beatriz, como persona con alma de artista, vivía de los cuentos y de las ilusiones, así que se los inventaba cuando sentía que su vida estaba pasando por una etapa de monotonía. Ni siquiera se preocupaba por conocerlo. Le bastaba con la sonrisa diaria, que se había convertido en una costumbre para ambos. Lo que ella no sabía es que Santos esperaba esa sonrisa cada vez que la veía venir caminando a lo lejos. No tenía ni idea de quién era ella, solo sabía que una linda muchacha le sonreía cuando se cruzaban en algún pasillo de la Universidad Católica «Andrés Bello» (UCAB). No pensaba en ella cuando llegaba a su casa, ni cuando salía con sus amigos, mucho menos si invitaba a alguna chica a hacer algo, pero cada vez que la veía, conseguía la manera de ponerse en su camino para recibir la dichosa sonrisa. Santos se preguntaba si la habría conocido en algún sitio, si los habrían presentado en alguna ocasión que ella recordaba y él no. Pero estos pensamientos solo duraban los segundos antes y los segundos después de recibir la sonrisa de Beatriz, porque luego volvía a su vida normal y rutinaria en la cual Beatriz no estaba presente.

En el periódico de la universidad salía publicada una columna que a Beatriz le encantaba, la escribía alguien bajo el seudónimo de «Zar». Esta columna no era más que la exposición de los pensamientos de un joven redactados de una manera agradable y cómica. Zar escribía de cualquier cosa que le sucediese o que veía en el mundo de su entorno, hacía críticas a la sociedad y se burlaba de todo el mundo. Beatriz, de vez en cuando, se sentía aludida al leer algunos de los artículos de Zar, pero no le importaba, es más, eran los que más la hacían reír. Una vez, por ejemplo, Zar había escrito sobre «las hijitas de papá y mamá que se las dan de psicodélicas». Beatriz había gozado leyendo ese artículo, pues la retrataba perfectamente, ella se las daba de la intelectual y *hippie*, y al mismo tiempo salía de compras con su madre y leía revistas de chismes españoles. Un día, conversando con sus amigas, Beatriz decidió que le escribiría una carta al tal Zar.

–Dale, Bea, seguro recibe muchas cartas, ¿qué es lo peor que puede pasar? ¿Que te diga que no te quiere conocer? No sabe quién eres, así que no importa.

Al final decidió que sí le mandaría la carta. Esa noche en su cuarto, luego de haber tomado prestada una pluma tinta china de su padre, Beatriz, sentada en su cama, y con una linda hoja de papel color *beige*, redactó su carta a Zar. En la carta le expuso su admiración, cuánto disfrutaba leyendo esos artículos y sus ganas de conocerlo. Al día siguiente, en la universidad, dejó la carta en la oficina de redacción, edición e impresión de la revista de la universidad en una caja destinada a quienes quisieran enviarle algún comentario a cualquiera de los columnistas del periódico. Beatriz había indicado que le dejasen la respuesta con la secretaria de la escuela de Letras, su escuela.

Pasaron tres días, y se atravesó el fin de semana, y Beatriz aún no había recibido su respuesta. Pasaba tres veces al día por la escuela preguntándole a la secretaria, que era prácticamente su amiga, si no le había llegado algo. El martes de la semana siguiente, por fin recibió la respuesta:

«Café, mañana miércoles, cinco de la tarde en "Pashtu" de Altamira. Zar».

La joven Beatriz se alegró muchísimo con esa respuesta. Al día siguiente, miércoles, su último día de clases, fue temprano en la mañana a la peluquería a hacerse las manos, los pies y a secarse el pelo. Esa tarde, a la una, tenía examen de Filología. Presentó el examen con toda su atención, pero lo más rápidamente posible, pues su universidad quedaba bastante retirada y temía no estar a tiempo para la cita. Ya acabado el examen se fue directamente a su carro. Caminando por el pasillo, vio a lo lejos al joven Santos, a quien no conocía en ese momento y le dedicó su acostumbrada sonrisa. Para su sorpresa, él no solo mantuvo el contacto visual, que era lo único que había hecho hasta ese momento, sino que le devolvió la sonrisa e incluso levantó la mano a manera de saludo. Beatriz siguió caminando y esperó unos segundos para voltear y ver al desconocido alejarse, se enrojeció automáticamente al ver que él también había volteado. Retomó su camino bruscamente y se montó en su carro. Esperando a que el vehículo se calentara, le entró un ataque de risa:

—Qué vergüenza, qué vergüenza —repitió varias veces.

A las cinco y diez estaba llegando a Pashtu. En la terraza del café había varias mesas, todas ocupadas por hombres solos.

Qué buena broma, pensó Beatriz, *¿Ahora cuál de todos es?*

Su mirada vagó por todas las mesas del lugar y se detuvo en una pequeña mesa junto a la pared, en la cual un joven tomaba un café, el mismo joven a quien Beatriz le dedicaba sonrisas cada vez que se lo cruzaba en el pasillo.

No puede ser, pensó Beatriz.

El joven Santos, al levantar la mirada, se sorprendió de ver a la muchacha de la universidad que siempre le sonreía y se levantó. Beatriz se acercó lentamente y se preguntaron al mismo tiempo:

—¿Eres tú?

Beatriz balbuceó hasta que logró decir:

—¿Tú eres Zar?

El joven Santos asintió mientras una halagada sonrisa se dibujaba en su cara. Se presentaron:

—Mucho gusto, Santos Escalante.

—Mucho gusto, Beatriz Blanco.

Se sentaron y él le preguntó si quería algo. El mesonero se acercó a la mesa, Beatriz le preguntó si tenía algún tipo de jugo natural, tras oír los distintos nombres de frutas, Beatriz escogió patilla. El mesonero abandonó la mesa y ella se quedó sola con Santos. Beatriz había pensado en qué sería lo primero que le preguntaría a Zar y, aunque estaba muy sorprendida por el hecho de que fuera el mismo muchacho a quien le dedicaba sonrisas, fue fiel a su expectativas y preguntó:

—Entonces, ¿es la primera vez que sales con una admiradora de tu columna?

Santos asintió.

—¿En serio? Pues me siento muy... —Beatriz no pudo terminar la oración que había pensado decir porque Santos la cortó preguntándole:

—¿Por qué me sonríes siempre que me ves en la uni?

Beatriz había tenido la esperanza de que quizá no la hubiera reconocido, sabía que su cara se estaba poniendo roja, probablemente su cuello también. A Santos le divirtió esta reacción y quiso entretenerse un poco más:

—Siempre me sonríes y, justamente hoy, te saludé, ¿te acuerdas? ¿Sabías que yo era Zar? ¿O es pura casualidad?

La joven Beatriz no pudo sino lanzar un suspiro con el cual admitía su derrota y respondió:

—No, no sabía que tú eras Zar y... no solo te sonrío a ti, me gusta sonreírles a todas las personas que se me cruzan en la vida.

—Te creo hasta que no sabías que yo era Zar, era muy difícil que supieras, pero eso de que le sonríes a todo el mundo —aquí Santos hizo un gesto apretando los labios— lo pongo en duda.

—Bueno —repuso Beatriz haciendo un rápido gesto con la mano—, cree lo que quieras, cada loco con su tema.

Santos rio, pero decidió ponerse serio, la verdad es que estaba algo nervioso, nunca había accedido a conocer a una admiradora de su columna. El mesonero regresó con el jugo de patilla de Beatriz, lo dejó en la mesa y se alejó de nuevo.

—A ver, entonces, Beatriz es que te llamas... ¿tienes novio?

Beatriz respondió que no, secamente.

–¿Y por qué me respondes así? –preguntó Santos apoyando la barbilla en su mano derecha.

–No sé –respondió Beatriz encogiéndose de hombros con actitud de que no le importaba el sentido que la conversación estaba llevando–, ¿cómo te respondí?

Santos se recostó en su silla y mirando a Beatriz con un aire de superioridad, le dijo, apuntándola con el dedo:

–Yo sé por qué no tienes novio.

Beatriz volteó los ojos y en actitud defensiva le preguntó a Santos:

–A ver, ¿por qué?

–Los hombres te tienen miedo.

A Beatriz le sorprendió y le agradó esa respuesta, sin embargo, mantuvo su actitud defensiva:

–No me conoces, ¿por qué dices eso?

Santos se llevó ambas manos detrás de la nuca y respondió con el mismo aire tranquilo:

–Porque eres linda e inteligente.

Beatriz enrojeció, sin embargo, se mantuvo firme:

–Eso –dijo Beatriz, ahora era ella quien apuntaba– se lo dices a todas.

Santos negó con la cabeza y repuso:

–Te lo prometo que es por eso. Los hombres te ven en las discotecas, o en la uni o qué sé yo dónde y les da miedo acercarse. Mira, no es por nada, pero mis novias siempre son bonitas, ¿te cuento por qué?

–A ver por qué –contestó Beatriz rápidamente.

–Deja la agresividad –le dijo Santos soltando una corta risa nasal. Beatriz sonrió y le hizo un gesto con la mano indicando que le explicara.

–Mira, cuando salgo con mis amigos a alguna discoteca, siempre hay una muchacha a la que todos se le quieren acercar y ninguno se atreve porque la ven tan bella que, inconscientemente, la consideran inalcanzable, pues a esa es a la que yo me acerco, a la que nadie más se atreve.

–¡Claro! Porque eres alto y sabes que eso nos gusta a las mujeres, y te da seguridad.

–Exacto –respondió el joven Santos–. Tienes toda la razón.

–Entonces, ¿tú dices que ahorita no tengo novio porque los hombres me tienen miedo?

Santos levantó la mano derecha, fingiendo un juramento y respondió:

–Te lo juro que es por eso.

–Pues me parece muy bien –agregó Beatriz y le dio el primer sorbo a su jugo.

–Y, ¿por qué tu seudónimo es Zar? –preguntó la joven Beatriz.

–Porque me gusta esa palabra –respondió Santos extendiendo sus manos.

–¿Eso es todo?

–Sí, ¿qué creías?

–No sé...

–¿Que era un erudito en historia rusa? No. ¿Hubieras preferido, no sé, Rey? Terrible me parece.

–¿Qué tal Sultán?

Santos asintió pensativo y respondió:

–Zar es más chévere, ja.

Fue el turno de Beatriz de soltar una risa nasal:

–Tienes razón, qué rabia.

–Entonces... –comenzó a decir Santos– te gusta mi columna.

–Sí –admitió Beatriz–, me hace reír mucho.

–Esa es la idea –concedió Santos–, la verdad es que escribo lo que me da la gana, es una manera de liberar mi superyó.

–Creo que estás hablando de tu ello... –lo corrigió Beatriz.

–¿Ello? –preguntó Santos, y pensó un segundo– sí, como que sí tienes razón, es el ello –volvió a dudar–, ¿sí?

–Sí –respondió Beatriz asintiendo–. El ello es la parte instintiva e innata de la personalidad que solo se preocupa por el placer. El yo es la parte social, que se preocupa de encajar en el entorno, valga la redundancia, social. El superyó abarca todo lo que nos enseñan en la casa, el colegio, la religión y todas esas cosas.

Santos escuchó la explicación atentamente mirando a Beatriz a los ojos. Cuando ella acabó, él simplemente le preguntó:

—¿Cómo sabes eso? ¿Estudias Psicología?

Beatriz negó con la cabeza:

—Letras —respondió—, pero ese tema del psicoanálisis me llama mucho la atención, en mi casa tengo las obras completas de Freud... —Se llevó las manos a la cara, arrepentida de lo que acababa de decir.

—¿Tienes las obras completas de Freud en tu casa y las lees? Eres una loca, ¿oíste?

—Puedo vivir con eso —respondió Beatriz volviendo a su actitud defensiva.

—No —se corrigió Santos—, mejor dicho, eres una persona muy sexual.

Beatriz abrió la boca fingiendo asombro.

—Claro que no —respondió altivamente.

—Pero si eso no tiene nada de malo —dijo Santos llevándose de nuevo las manos a la nuca.

—No me gusta Freud por su teoría sobre la pulsión sexual y la agresiva, sino por todo lo que dice del insconsciente y los actos fallidos.

—No te engañes, eres muy sexual.

—Bueno, soy sexual pues, qué se hace —dijo Beatriz fingiendo rendirse.

—Eso no tiene nada de malo —opinó Santos.

—No, tranquilo, yo sé.

El mesonero se acercó de nuevo a la mesa y les preguntó si querían algo más.

—¿Quieres unas galletas? —le preguntó Santos a Beatriz. Al ver que Beatriz asintió, le preguntó de qué sabor las quería:

—Hay de coco, limón, chocolate...

—Coco está bien —dijo Beatriz dirigiéndose al mesonero. Luego, dirigiéndose a Santos—: ¿te gustan?

Santos asintió. El mesonero volvió a dejarlos solos.

—¿Sabes qué artículo tuyo me encantó? —comenzó a decir Beatriz, ya se sentía más en confianza.

—A ver, cuéntame —la animó Santos entrelazando sus dedos.

—Cuando todo tu artículo fue una enumeración de cosas de la vida que detestas.

—¿Qué? Ese es buenísimo, no es porque sea mío, pero ese... me volé, estuvo demasiado genial, demasiado.

—Ya, cálmate —bromeó Beatriz.

—¿Y por qué te gustó? —preguntó Santos visiblemente halagado.

—Porque todo, absolutamente todo lo que decías, era demasiado verdad. Lo mejor fue «detesto los pistachos que están muy cerrados, son imposibles de abrir».

—¡Es que eso es lo peor! —Santos no podía evitar mostrar su emoción.

—Es lo peor —coincidió Beatriz—. A ver, otra cosa que hayas puesto... Ah sí, que te fastidia cuando amarran las bolsas de los supermercados con doble nudo.

—¡Claro! Porque tienes que romper la bolsa... qué ocurrente soy, de verdad. Qué buen artículo, vale.

—Y lo que más detestas de todo el mundo es —aquí los dos exclamaron al mismo tiempo—: ¡los lunes!

—Sí, odio los lunes, son lo peor, no deberían existir.

—Si no existieran, entonces odiarías el martes.

—No —atajó Santos como si estuviera hablando de un asunto bastante serio—, porque incluso en vacaciones, detesto los lunes.

—¿En serio? A mí me encantan en vacaciones, es más, no me gusta que sea fin de semana cuando estoy de vacaciones, la atmósfera cambia esos dos días.

—Pues, para mí, cambia los lunes. Dios, no los soporto.

Beatriz rio:

—Qué raro eres —dijo en medio de su risa.

—No, no. Ya quedamos antes en que la loca eres tú porque lees a Freud.

Beatriz soltó una carcajada:

—Verdad, Santos, se me había olvidado. —Y esa fue la primera vez que Beatriz Blanco pronunció su nombre—. La loca soy yo...

El resto del café continuó igualmente animado. Luego de esa tarde, en que los dos la habían pasado tan bien, quedaron en volver a verse y, en poco tiempo, no pudieron estar separados el uno del otro. Esa había sido la primera cita de Beatriz y Santos, la cual ella rememoraba a la perfección, acostada en el sofá de su solitaria sala.

XI.
Entrevista
en la radio y
bautizo del libro

Beatriz iba en el asiento trasero del carro, rumbo a la editorial, manejaba el señor Torres. Los dos escuchaban en la radio a una muchacha hablándole sobre la relación con su novio a una locutora que se ocupaba de dar consejos.

−Nunca había escuchado este programa, Torres, ¿cómo lo descubrió?

El señor Torres miró a Beatriz por el retrovisor y dijo:

−Una vez, buscando la 97.7 FM, para escuchar *Los pasos perdidos*, me tropecé con esta estación que estaba pasando una canción que me gusta mucho. Me quedé escuchándola, y luego me quedé oyendo el programa.

−Así que cambió a Pino Iturrieta por un programa de corazones rotos.

−Parece que sí −respondió el señor Torres.

Beatriz rio.

La muchacha que había llamado al programa hablaba de cómo no estaba segura de si su novio la amaba: «... a veces hace cosas que me hacen pensar que por supuesto me quiere, tiene detalles como... no sé... me manda flores sin motivo, de repente me tiene alguna sorpresa, pero, no sé, a veces siento algo raro».

Beatriz escuchaba en silencio, mirando por la ventana. Luego dijo:

−Si algo he aprendido en esta vida, viendo situaciones como la de esta muchacha, es que cuando tu intuición te dice que alguien no te ama, aunque tenga detalles que digan lo contrario, esa persona no te ama.

El señor Torres asintió.

−Puede usar esa frase para un libro.

Beatriz lo miró a través del retrovisor y sonrió.

−¿Le gustó esa frase?

—Me parece que es verdad —dijo Torres sin desviar la vista de la calle—. Uno sabe cuando la otra persona lo quiere, señorita Beatriz.

—Sí, uno sabe —afirmó Beatriz—. La intuición de verdad que es valiosísima. —Beatriz pensó antes de seguir hablando, no estaba segura si decir lo que estaba pensando, al final lo dijo, pues, si había alguien en el mundo con quien se sentía en confianza, era con el señor Torres. Dijo:

—Santos sabía que yo quería terminar, por ejemplo.

Beatriz volvió a ver al señor Torres a través del retrovisor. Él le devolvió la mirada, sin decir nada, sin pedirle que hablara más, para no ser irrespetuoso, aunque sentía curiosidad. Beatriz siguió hablando, pero ahora mirando de nuevo por la ventana:

—Él me lo dijo el día que rompí con la relación, que nunca me había hablado de casarnos porque siempre supo que yo le iba a salir con algo. Y por eso había pensado lo del 1 de mayo del 2000 en Madrid.

El señor Torres levantó una ceja.

—Vaya... y eso que usted lo quería, señorita Beatriz. Me parecía a mí.

Beatriz sonrió y asintió.

—Sí lo quería, Torres, mucho.

Continuaron escuchando el programa en silencio hasta que la llamada se acabó. Luego, Beatriz le pidió que sintonizara la 97.7, para escuchar *Los pasos perdidos*.

Al llegar a la editorial, Beatriz se bajó rápidamente del carro para no bloquear a los carros que tenía detrás...

Beatriz sostenía el primer ejemplar de su nuevo libro con ambas manos.

—Te vieras la cara —le dijo Diego, su editor.

Beatriz subió la mirada y le sonrió a su amigo:

—¿Cómo es?

—Parece que fuera la primera vez que una obra tuya es publicada.

Beatriz abrió la boca para decir algo pero en ese momento entró la secretaria portando una pequeña bandeja plástica con dos vasitos de café. Cada uno tomó un vaso. Beatriz sacó de su cartera una cajita con pastillas de Splenda, le ofreció a Diego, que negó con la cabeza mientras daba unos pasos hacia uno de los muebles en el que había una bandeja con distintos sobres de azúcar, pitillos, servilletas, vasos. Tomó uno de los sobres y se acercó de nuevo a Beatriz, antes de dar el primer sorbo:

—¿Qué te parece?

—Me encanta —respondió Beatriz, volviendo de nuevo su mirada al primer ejemplar.

—El bautizo es este viernes.

Beatriz asintió.

—Sí, ese día tengo también una entrevista en la radio.

—¡Oye, cierto! ¡Se me había olvidado! En el programa de Miguel, ¿no?

—Así mismo. En la sección «Encantado de conocerte».

—¡Oye, qué exito! ¿A quién conocerás?

—Al historiador Germán Alcorta.

—No me lo voy a perder —le dijo Diego a Beatriz.

—Te creo. Ese programa lo oye todo el mundo. Espero no decir ninguna estupidez.

—Tranquila, además, recuerda que al público le gusta reírse.

—Bueno, entonces espero hacer el ridículo.

—Esa es la actitud.

Llegó el día de la entrevista en el programa de radio. Ese viernes por la mañana, Santos estaba atrapado en la autopista Prados del Este. Escuchaba un programa de radio muy famoso, cuyo locutor, Miguel, era muy respetado. Estaban en la sección de salud, una psiquiatra hablaba sobre los distintos trastornos de la personalidad:

—Está el esquizoide, Miguel, que es aquel que huye de la
compañía del resto de la gente, y disfruta de su soledad,
lo que lo diferencia del evasivo. El evasivo es aquel que sí
desea establecer relaciones afectivas, ya sea de amistad
o quizá una relación amorosa más formal, pero que, a
la hora de la verdad, huye de ellas. Fíjate, los dos huyen
de una relación, pero unos, los evasivos, sí la desean, los
esquizoides, no. Las excusas que ponen estas personas
evasivas son, por ejemplo: oye, es que él o ella no daba la
talla. O, a ver: ella es muy complicada. Son personas que
nunca se enamoran por miedo a terminar heridas...

—Prefiero al esquizoide, entonces, por lo menos está claro —decía Santos, prácticamente estacionado en la autopista. La doctora continuó explicando otros trastornos:

—Está el trastorno que es mundial e históricamente
conocido como borderline, incluso en países no
angloparlantes se usa este término. Fíjate, Miguel, una
persona borderline puede pasar de ser heterosexual, a ser
homosexual, sin ninguna razón aparente; pueden ser un
día ateos, al otro día católicos, de repente son evangélicos...
otro día son zoofílicos. No están definidos. Un borderline es
una persona totalmente inestable en cuanto a su conducta,
identidad y estados de ánimo.
     —¿Este no es el trastorno de personalidades múltiples?
—preguntó el locutor.
     —No, Miguel, te explico. El nombre de «personalidades
múltiples» fue reemplazado por «trastorno disociativo de
identidad», ¿por qué? Pues porque el problema no es que la

persona tenga múltiples personalidades. La definición de personalidad es, entre otras: *las características estables de una persona*. Las personas que padecen este trastorno tienen, de verdad, distintas identidades. Hay un caso muy famoso, del cual salió la película Las tres caras de Eva. Esta película está inspirada en una persona real, que llegó a tener dieciséis identidades distintas, y mira qué curioso esto: una de sus identidades sufría de artritis; otra era sorda y, verdaderamente, no podía oír; algunas de sus identidades necesitaban lentes, otras no; una de ellas era una niña que solo comía fresas; otra, una señora que solo vestía de morado. Es terrible.

—Interesante el programa —dijo Santos para sí. Cuando Miguel despidió a su invitada y anunció que venía la sección «Encantado de conocerte», Santos estuvo a punto de conectar su *iPhone* al cable auxiliar para escuchar música, sin embargo, decidió darle una oportunidad al programa, podría quizá ser interesante

—En la sección «Encantado de conocerte» de hoy tenemos, como siempre, las damas primero, a la escritora Beatriz Blanco. Buenos días, Beatriz.
—Buenos días, Miguel.

Escuchó Santos con el estómago contraído y la idea de conectar el *iPhone* se desvaneció completamente de su mente.

—Ahora, conmigo también tengo al distinguido historiador Germán Alcorta... Buenos días, Germán.
—Buenos días, Miguel —saludó el historiador con su voz ronca.
—Pues, aquí los presento: Beatriz, él es Germán; Germán, te presento a Beatriz.

—Mucho gusto —saludó Beatriz—, encantadísima de conocerlo.

—Mucho gusto, bella dama y, por favor, no me vas a tratar de «usted» en este programa, me vas a hacer quedar como un viejo.

Santos rio por la nariz.

—Bien, pues, Beatriz o, como se le conoce universalmente, Bea, es una famosa novelista, orgullo nacional. Germán, es el historiador más destacado del país. Los dos escriben, los dos son humanistas, tienen mucho en común y, algo que les encantará tener en común, porque yo que los conozco a ambos, lo sé, es que los dos aman París.

—¿Quién no ama París, Miguel? Por Dios —dijo Germán.

—Tienes razón, Germán, tienes razón.

—Pero, bueno, ya que trajiste el tema... a ver, señorita Beatriz, porque sé que has decidido permanecer «señorita» por el resto de tu vida, algo que no critico, ¿qué es lo que más te gusta de París? —le preguntó el historiador a Beatriz.

Oye... —comenzó Beatriz— me encanta vivirla como una residente, no como una turista. Hace poco, estuve seis meses allá escribiendo mi próxima novela, que, por cierto, hoy es el bautizo, no está de más un poco de propaganda.

—Nunca. Tranquila que soy el primero que la va a comprar —dijo Germán.

—Oye, muchas gracias... Bueno, el caso es que pasé seis meses y, les cuento que es muy poco, pero que muy poco, lo que fui a zonas turísticas como los Champs Élysées, por ejemplo. Por supuesto que fui al Museo del Louvre incontables veces, pero, a la Torre Eiffel no fui, solo la veía de lejos. Siempre he sentido que los turistas de París se mueven dentro de un cuadrado con límites invisibles, que, sin embargo, están allí y nadie los atraviesa. Los turistas no salen de la torre Eiffel, los Champs Élysées, Notre Dame, y yo no quería caer en eso, yo quería vivir París como si hubiera nacido allí, aunque admito que iba a Notre Dame todo el tiempo.

—Eres una romántica, Bea —comentó el historiador—, pero sí estoy de acuerdo contigo. Hablando de París, te cuento que mi sitio favorito es el café de Flore, en Saint Germain. Uno está ahí, y se siente en París. A ver, y esos seis meses que estuviste allí, ¿dónde viviste?

—En un apartamento en Saint Germain des Prés, todavía recuerdo la dirección.

—A ver, dila, pero en francés, por favor.

Beatriz rio antes de contestar:

—No se burlen de mi francés, por favor.

—Tranquila, guapa, que yo no hablo ni inglés —comentó Germán.

Beatriz soltó una corta risa nasal y por fin respondió:

—Mi edificio era el vingt-trois, dans la rue du Cherche Midi, Saint Germain des Prés.

—Ah, la rue du Cherche Midi... —dijo Germán—, todo el que ha leído la magnífica obra Rayuela sabe lo que es la rue du Cherche-Midi.

—¡Ah! ¿Usted leyó Rayuela? —preguntó Beatriz cambiando el giro de la conversación.

—Oye, pues por supuesto... ¿Tú, Miguel? ¿Leíste La Rayuela?, como me gusta decirle.

—Sí, en efecto sí, pero hace mucho tiempo, Germán.

El locutor cambió de nuevo el tema diciendo:

—Ahora, Germán, algo de lo que todo el mundo se extraña, pero que nadie se atreve a preguntarle a Bea, aquí

presente, y me di cuenta por tu comentario del principio
que no te cuesta abordarlo, es el hecho de que...

—Ya sé por dónde vas... —interrumpió Beatriz.

—¿Sí, Bea? A ver, por dónde —la retó Miguel, el locutor.

—¿Por qué no me casé?

—Exactamente.

Santos seguía en la Prados del Este, totalmente absorto en lo que escuchaba por la radio, estaba seguro de que en un programa de radio Beatriz no diría toda la verdad, pero quería escuchar lo que tenía que decir.

—Últimamente me lo han preguntado mucho, no sé por qué.

—¿Contarías la historia aquí o me metí en un terreno muy privado?

—No, sí lo puedo contar... Fue a los veintidós años. Fíjense, yo tenía un novio al que amaba, Santos, se llamaba... se llama.

—Esto está bueno... —dijo Santos.

—¿Y lo dejaste? —intervino Germán.

Beatriz asintió. Luego recordó que estaba en un programa de radio y que los oyentes no podían verla, así que respondió:

—Terminé la relación, sí, fue difícil, pero en ese momento creía que estaba haciendo lo correcto.

—Creías que habías hecho lo correcto... —parafraseó Santos.

—Básicamente le dije a Santos que quería dedicarme a crecer académica y profesionalmente, que sentía que formar una familia me iba a quitar tiempo para hacer la

que creía que era mi vocación, y que, si no me quería casar,
¿para qué iba a continuar con nuestra relación? si tenía la
certeza de que tarde o temprano se acabaría.

—La que creías que era tu vocación... Ya... Claro... Es decir, ya no
crees que esa es tu vocación... —decía Santos en voz baja sin percatarse de que la persona del carro de al lado lo consideraba un loco que
hablaba solo—. «Vocación» —dijo luego Santos—, tú no cambias, Bea,
siempre con tus términos religiosos.

—Vaya, vaya... y, desde ese día, señorita Beatriz Blanco,
¿usted no ha conocido varón?
—Te pusiste bíblico, Germán —comentó el locutor.
—Tú sabes, Miguel, que a mí me da por etapas, hoy me
está dando por eso.

—A mí tampoco me conoció, si vamos a estar hablando en esos términos bíblicos— dijo Santos, aún hablando solo con la radio.

Beatriz aprovechó ese corto inciso para evitar responder a
esa pregunta, que aún le incomodaba:
—Y, bueno, él se molestó mucho... y, desde ese día, no lo
he vuelto a ver.
—¿Cómo va a ser? Caracas es pequeña.
—Me lo he cruzado en la calle o en restaurantes, pero
nunca de tan cerca como para tener que saludarlo.
—¿No volvieron a hablar desde ese día en el que lo
cambiaste por el noble arte de la literatura? —preguntó
Miguel, el locutor.
—Y tú te pusiste poético, Miguel —comentó el
historiador.
—Pues entre los dos ya estamos listos para escribir un
nuevo Cantar de los cantares.

—Qué mal chiste, Miguel, quédate como locutor, mejor —dijo Germán, el historiador.

—Pero ¿no volviste a hablar con él nunca más? ¿No sabes nada de su vida?

—Él se casó, así que a ninguno de los dos nos fue mal —respondió Beatriz.

—¿No te rogó? —insistió Germán Alcorta—. Yo no te hubiera dejado ir así como así. No te hubiera dejado salirte con el cuentico ese de que querías dejarlo todo por el trabajo.

Beatriz se encogió de hombros. Podría haber respondido que su señora de servicio le había contado que Santos había ido a su casa al día siguiente, llorando casi histéricamente, pero no quiso, le parecía que hubiera sido caer en el chisme, además que sintió que humillaría a Santos, así que se limitó a responder:

—No, respetó mi decisión. Él siempre fue un caballero.

Santos levantó una ceja y asintió con desgana.

—Un caballero... —dijo en voz baja— por lo menos... Y estás mintiendo, sí nos volvimos a ver, porque fuiste a mi boda, y el primero de mayo del 2000 estabas en el Urrutia.

—¡Qué bella, Bea! ¡Aquí está la artista!

Así la recibió Fernando Méndez, que fue el primero que saludó a Beatriz cuando ella llegó al Country Club, donde se celebraría el bautizo de su libro. Beatriz se acercó sonriendo. El trabajo, la literatura, las personas del medio, las buenas conversaciones, todo le encantaba y, es cierto, bien podría vivir así por el resto de su vida.

—Gracias, Fernando, y gracias por venir.

—Nunca me he perdido ninguno de tus bautizos.

Beatriz conversó un rato con Fernando y con quienes se encontraban con él a su llegada. Luego, se disculpó y anunció que saludaría a las demás personas que habían ido a celebrar el bautizo de su nuevo libro. Fue pasando por los distintos grupos, algunos iban por amistad, otros por admiración, otros por simple curiosidad, pero a todos los saludaba con la misma simpatía. El padrino del libro fue Diego. Todo fue como siempre, los pétalos de rosa, los aplausos, las infinitas «gracias», la explicación, los «pasapalos», los chistes, las despedidas, y de nuevo su apartamento solitario.

Esa noche, como otras, Beatriz no pudo dormir. Se levantó de su cama y caminó descalza a la sala. Encendió las cornetas del *iPod* y buscó la canción «Moon River», que siempre escuchaba cuando ponía el *iPod* en aleatorio, pero nunca por decisión propia. Mientras sonaba la canción, se fue a la ventana y se quedó viendo hacia la oscuridad. Pasaron por su mente imágenes del bautizo de su nuevo libro. Sonrió. La verdad es que a Beatriz le gustaba su vida siempre y cuando estuviera ocupada, pero a veces la asaltaba una interrogante: si solo le gustaba su vida cuando se hallaba ocupada... ¿eso no significaba que, en verdad, no le gustaba su vida? Pero es que sí le gustaba... lo único que no le gustaba era el silencio de su apartamento... sin embargo, ella había escogido, había sido su elección vivir sola, así que no podía quejarse delante de los demás, porque sabía que todos le caerían encima diciéndole que esa idea de no casarse había sido una locura. Las divorciadas y viudas, e incluso las solteras que no habían elegido ese camino, podían quejarse de la soledad y el silencio, pero ella no, porque ese silencio era su culpa, y no quería que nadie se lo echara en cara.

En la parte instrumental cerró los ojos y rememoró momentos de su vida completamente inconexos: su primer autógrafo, la primera despedida de soltera de una de sus amigas, única vez en su vida en la que verdaderamente se había pasado de tragos. Recordó su apacible vida en la universidad, cómo aún les tenía cariño a todos sus compañeros; su primer beso y su primer beso con Santos. Con la canción aún sonando, Beatriz recordó, detalle a detalle, esa escena de su vida.

XII.

Recuerdo
del primer beso
de Santos y Beatriz

Habían salido a cenar. Ella había llevado puesto un vestido corto azul marino y Santos una camisa celeste arremangada hasta los codos. Antes de que les trajeran la comida, se habían tomado de la mano, algo que hasta esa noche no había pasado. Había ocurrido por primera vez en el carro, Santos le había puesto una mano a Beatriz en la rodilla y ella le había colocado la suya en el antebrazo y así, tras unos segundos, habían terminando tomados de la mano. Esa primera tomada de mano es la más incómoda, en la que el hombre no la suelta ni por todo el oro del mundo y aprende, por la fuerza, a maniobrar el volante utilizando únicamente su mano izquierda. Ninguno se atreve a moverse, las manos están tiesas, no hay nada de placentero en eso, sin embargo, se cruzó la barrera, ya se dijeron «no somos solo amigos». En la cena estaban más relajados y conversaron como mejores amigos...

—¿Cómo es eso de que tu profesor te pidió un beso? —le preguntó Santos a Beatriz sorprendido y riendo.

—Santos, te lo juro. Me dijo que eso no era nada, que le diera un simple beso y yo le pregunté: «¿Un beso cómo? ¿Usted está loco?». Y él me respondió que en la boca. Y allí le dije: «Usted está loco, de verdad», entonces me volteé y me fui.

—Me parece muy bien, Bea. No te niego que me da risa imaginarme a ese señor, sobre todo él, que todo el mundo lo respeta tanto en este país, en ese plan.

—Sí, es que, Santos, lo peor del cuento es que lo sigo admirando muchísimo. En su condición de profesor, vale oro, pero como persona... no sé.

—Bueno, también tienes que entender que los hombres... —empezó a decir Santos, pero Beatriz lo cortó:

—No, los hombres, nada. Ustedes creen que tienen ciertas licencias y no es así, es pecado igualito.

—¿Pecado? Qué cómica eres.

—Bueno, el caso es, Santos —a Beatriz le encantaba pronunciar su nombre—, que cuando me estaba alejando...

—Ah, o sea que el cuento no se ha acabado.

—No, el caso es que me gritó «pórtate mal». Yo volteé y le dije irónicamente «okey» y luego él me dijo «en serio, pórtate mal», como insinuando que me hacía falta portarme mal en mi vida.

—Bueno, Bea, yo a veces creo que te hace falta.

—¡No me hace falta nada! Portarse bien es chévere.

Ante ese comentario Santos rio tan fuerte que los de la mesa de al lado voltearon. Beatriz se disculpó y miró a Santos intentando fingir seriedad.

—Disculpa, es que eres muy cómica, Beatriz Blanco —luego agregó, sonriendo irónicamente—, Beatriz Blanco de Escalante.

—Tú estás loco.

—No, yo no leo a Freud —y Santos volvió a reír.

—Y vas a seguir con eso. Freud es interesantísimo y muy acertado en muchas cosas.

—Ah sí, por supuesto... —dijo Santos, y permaneció callado unos segundos debatiéndose sobre si hacer o no la pregunta que se le acababa de ocurrir. La hizo:

—No, pero Beatriz, volviendo al tema anterior, imagínate que ahorita se te aparece, no sé, un ángel o alguna de esas cosas que te encantan.

—¿Cómo? —preguntó Beatriz, ya riendo.

—Escucha. Se te aparece, lo que sea, un ángel, y te dice que te vas a casar conmigo, ¿qué harías?

—¿Ese es el tema anterior? ¿No estábamos hablando de mi profesor? —preguntó Beatriz riendo.

—No, no, porque luego yo dije «Beatriz Blanco de Escalante», así que ese es el tema anterior.

—Ajá... —dijo Beatriz mientras asentía lentamente.

—Ajá, entonces, si te dijeran que tu futuro es casarte conmigo...

–Te empezaría a amar en este preciso segundo –respondió Beatriz rápida y resueltamente. Esta respuesta sorprendió gratamente a Santos, que titubeó antes de preguntar:

–¿Sí?

–Claro –volvió a responder Beatriz con la misma tranquilidad–, si te voy a entregar mi vida, significa que algún día te amaré como a nadie más en el mundo, así que, ¿por qué no empezar ya? Es que creo que sería automático.

Tras este corto y tierno inciso, retomaron la que verdaderamente había sido su conversación anterior:

–Lo que yo no entiendo, Santos, es por qué un hombre al que le va bien con su esposa cae en la tentación de ser infiel. En serio, no lo entiendo.

–Beatriz, ¡porque no les importa! Sobre todo a uno de la edad del profesor que me estabas contando, ¿no tiene como sesenta años? Mientras la esposa no se entere y no termine herida, ¿qué importa? Lo que le va quedar es un lindo recuerdo y listo.

–De verdad que los hombres son lo peor.

–Sí, Beatriz, pero ustedes, cuando quieren ser malas, son perversas.

Beatriz sonrió, pues sabía que era cierto.

–Además –continuó Santos–, ustedes se las dan de las víctimas, que son las que sufren y tal y, déjame decirte, ustedes se pueden enamorar varias veces en su vida; nosotros los hombres, te lo juro, Beatriz, nos enamoramos una vez y nunca más.

–¿Y a ti ya te pasó, Santos Escalante?

Santos se echó para atrás rápida e involuntariamente, abriendo mucho los ojos y soltando una pequeña pero, obviamente, nerviosa risa:

–¿Qué cosa?

–Lo que dijiste... ¿ya te enamoraste para toda tu vida de alguien?

Santos se limitó a encogerse de hombros y responder con un inmaduro:

–No te voy a decir nunca.

Beatriz respondió con una simple y corta risa nasal, y no se habló más del tema.

Al salir del restaurante decidieron caminar un rato por la calle para bajar la comida. Beatriz notó que Santos sonreía.

—¿En qué estás pensando?

Santos simplemente la miró y se encogió de hombros sonriendo. Al ver que Beatriz continuaba mirándolo sin pestañear, se atrevió a decir:

—Me gustó eso de que si te dijeran que te vas a casar conmigo me empezarías a amar en este momento. No lo digo para que te asustes, me gustó y ya, a cualquiera le gustaría.

Santos extendió su mano y Beatriz se la tomó. Continuaron caminando en silencio, los carros pasaban en sentido contrario. Santos vivía en esa calle y le preguntó a Beatriz si quería subir a su apartamento.

—Nada más quiero mostrarte algo —agregó rápidamente al ver la expresión de Beatriz, mientras subía la mano derecha como para hacer un juramento.

Beatriz sonrió y asintió.

—Dale...

Caminaron en silencio hacia el edificio de Santos. En el ascensor cada uno veía los números iluminándose según el piso por el que estuvieran pasando, ambos recostados de la pared, sin atreverse a mirarse. Ya no estaban tomados de la mano. El joven Santos aún vivía con sus padres, que en ese momento dormían. Beatriz no estaba nerviosa, pero sí sabía que no contaría esa parte de la velada en su casa, pues su madre se asustaría. Santos le pidió a Beatriz que se sentara mientras él buscaba algo. Beatriz se sentó en un sofá con ambas manos en las rodillas y con su mirada recorrió la sala. Junto al sofá, había una mesa con fotos familiares. Beatriz tomó uno de los portarretratos: aparecía Santos junto a sus padres y su hermana en la nieve, todos sonriendo con las narices rojas. Beatriz volvió a dejar el portarretratos en la mesa y se levantó para ver las demás fotos. Volteó al escuchar pasos, vio a Santos acercarse con una guitarra en la mano. Beatriz se enderezó:

—¿Me vas a tocar guitarra?

Santos negó con la cabeza. Se sentó en el sofá y le pidió a Beatriz que se sentara ella también. Beatriz se sentó junto a él, que le pasó la guitarra.

—Sé que sabes tocar y quiero ver cómo lo haces.

Beatriz solo se sabía los acordes de algunas canciones, no consideraba eso «saber tocar guitarra».

—Te voy a tocar la primera que me aprendí...

—¿No te da pena? Qué bueno, pensé que iba a ser más difícil convencerte.

Beatriz se encogió de hombros despreocupadamente:

—Me siento cómoda contigo —dijo.

Santos sonrió y la invitó a que tocara haciendo un gesto con la mano.

Beatriz tocó los primeros acordes de la canción «Moon River» (y desde esa noche se había convertido en su canción).

Los ojos de Santos se iluminaron al verla tocar y cantar. Beatriz intentaba mirarlo a los ojos, pero se azoraba, de modo que se concentró en la guitarra y en ver si sus manos presionaban las cuerdas correctas. Al comienzo de la segunda estrofa, Beatriz juntó todas sus fuerzas y mantuvo su mirada con la de Santos y él le dio un beso en la frente. Beatriz sonrió y él permaneció muy cerca de ella. Beatriz, mientras tocaba sin cantar, se atrevió a inclinarse un poco y le besó en la mejilla. Santos cerró los ojos y, cuando Beatriz estaba cantando la última frase, tomó la cara de ella entre sus manos y la besó en la boca. Se quedaron un rato así, sentados en el sofá, Beatriz con la guitarra en sus piernas sosteniéndola con su mano derecha y con el otro brazo rodeaba el cuello de Santos. Ese recuerdo quedó en su mente, lejano pero nítido.

XIII.
Agosto

Pasaban los días, que se iban convirtiendo en semanas, y así llegó agosto... Beatriz había aprovechado el mes de agosto para avanzar en la próxima novela que estaba escribiendo. Como ya había pasado seis meses en París le pareció algo exagerado volver a irse de vacaciones, sin embargo, al tomar esa decisión no había estado al tanto de que sus padres se irían de viaje a Walt Disney World con todos sus nietos. El núcleo familiar de Beatriz, discúlpenme por no haberlo explicado antes, contaba de cinco miembros. El señor Ernesto y la señora Mercedes eran los padres de Beatriz; Ignacio y Sofía, los hermanos. Ignacio era dos años menor que Beatriz y, Sofía, tres años menor que Ignacio. Ambos se habían casado y tenían sus bien conformadas familias. Beatriz los visitaba de vez en cuando, pero se veían casi todos los domingos en casa de sus padres. Si por Beatriz fuera, se pasaría todo el día en casa de Sofía y ayudaría a sus sobrinos con la tarea, pero sabía que acabaría por ser un estorbo, así que se contenía las ganas de ir a menudo.

Volviendo a lo que había sido ese agosto, toda la familia de Beatriz, excepto ella, había ido a pasar las vacaciones a Disney. Sin saber que el otro hacía lo mismo, Ignacio y Sofía habían planeado irse diez días de agosto a Orlando con sus familias. Al enterarse de que tenían el mismo plan, decidieron viajar todos juntos. Había sido la misma Beatriz la que luego les había dado la idea de invitar a sus padres. En ese momento, le había parecido una gran idea, pero no había caído en cuenta, hasta el día en que todos se habían ido, de lo sola que se sentiría. Sofía la había invitado, pero Beatriz dijo que no, pues sentía que era una invitación caritativa, y ella no necesitaba de esa caridad.

Cuando habían regresado de vacaciones, Beatriz no pudo ocultar su alegría. Ella misma fue a buscar a sus padres al aeropuerto, al contrario de otras veces, en las cuales le pedía el favor a Torres. Y es que así era la vida de Beatriz, un conflicto entre sus sentimientos y su negación a mostrarlos.

XIV.
Octubre

Ya era octubre. Era un viernes a las ocho de la noche, Beatriz estaba en el gimnasio, en medio de una clase de *spinning*, y sintió su celular vibrar en el bolsillo de la chaqueta. Vio en la pantalla que era Diego. Atendió, extrañada de que la llamase su editor a esa hora.

—¿Aló?

—¡Beatriz! ¡Te tengo un notición! Me prohibieron decirte, pero por supuesto que te tenía que llamar.

—¡Dime! —dijo, ya emocionada, pero tratando de esconder su voz bajo la canción que sonaba en el salón de *spinning*.

—Como escritora, ¿qué es lo que más quieres en todo el mundo?

El instructor, alzando la voz para que se oyera por encima de la música, le pidió a Beatriz que guardara su celular. Beatriz no le prestó atención y dijo, aún en voz baja:

—Oye... ganarme el Nobel, pero no creo que tu noticia vaya por esos... Beatriz fue interrumpida por Diego, que exclamó:

—¡El Cervantes, Bea! ¡Eres candidata al Cervantes!

—¿¡Qué?! —preguntó Beatriz, olvidando que estaba rodeada de gente. Todos los que formaban parte de la clase estaban ya pendientes de su conversación.

—¡Me acaba de llamar Francisco Javier Pérez a decirme! —dijo Diego.

Beatriz quería preguntar qué le había dicho, pero cayó en cuenta de que todos la escuchaban, así que solo agregó, bajando la voz:

—Te llamo ahora, Diego, para que me cuentes mejor. Pero quiero que sepas que tu noticia me pone muy feliz.

Trancó. El instructor apagó la música y le dijo:

—Para satisfacer la curiosidad de todos, Beatriz, ¿nos puedes decir qué te dijeron?

Beatriz se aclaró la garganta.

–Un amigo acaba de ser postulado como candidato para ganar un premio literario importante.

El instructor sonrió y, dirigiéndose a la clase, dijo:

–Todos, por favor, un aplauso a Beatriz, que acaba de ser postulada para un premio literario importante.

Beatriz rio y todos sus compañeros de *spinning* le dedicaron un aplauso. Ella lo agradeció, muerta de risa. Al acabar la clase, algunos de sus compañeros se acercaron a felicitarla, ella les decía que tan solo era candidata, como muchos otros, que nada era seguro.

–De todas formas –le dijo una de sus compañeras– ya eso es bastante, felicitaciones, Bea.

XV.

Una *llamada* importante

Fue así como en la madrugada del sábado 7 de diciembre Beatriz recibió una llamada que la hizo despertar y no poder dormir por el resto de la noche. Sin abrir los ojos, tanteó por su mesa de noche. Cuidó de no tumbar el vaso de agua, sintió sus lentes de lectura, su lámpara, su estatuilla de la Virgen... nada. Sacó la cabeza de debajo de las sábanas y vio, con un ojo cerrado y el otro entreabierto, una luz en el piso. Extendió su brazo y se preocupó al ver que la llamada era de un número desconocido y, además, extranjero. Contestó y de sus labios brotó un nervioso:

—¿Aló?

—Buenos días, espero estar conversando con la señora Beatriz Blanco.

Era una voz masculina con acento español de España.

—Sí, soy yo —dijo Beatriz mientras se incorporaba.

—Un gusto escucharla, soy José Manuel Blecua, director de la Real Academia Española.

Beatriz no necesitaba esa referencia, pues sabía muy bien quién era José Manuel Blecua. Sintió su corazón acelerarse.

—... Y me complace, en demasía, debo decir, anunciarle que usted ha sido la merecedora del Premio de Literatura Miguel de Cervantes 2014. Felicitaciones, señora Blanco.

Beatriz se llevó una mano a la boca mientras giraba su cabeza de un lado a otro sin saber qué hacer.

—Señor Blecua, ¿de verdad es usted? —dijo al momento que encendía la lámpara y se levantaba de su cama.

—Soy yo. Felicitaciones —respondió el director de la RAE.

Beatriz caminaba de un lado al otro, escuchando, pero sin procesar lo que José Manuel Blecua le decía:

–Como quizá sabes, la ceremonia de entrega del premio es el 23 de abril del año que viene, 2014, aquí en Madrid.

–No, no, no –decía Beatriz–, es imposible. Hay muy buenos escritores en el mundo. Es imposible.

–Es posible, Beatriz –dijo Blecua–. A todos nos pareció una gran decisión. Felicitaciones, por cierto, por ser la primera venezolana en ganarlo.

Beatriz se detuvo pues, durante todo ese tiempo, no había dejado de dar pasos de un lado al otro, se llevó una mano a la frente y respiró hondo para que al momento de hablar su voz no se entrecortara.

–Muchas gracias por darme la noticia.

–Un placer, Beatriz –le dijo Blecua–, debe estar muy feliz.

Beatriz asintió mientras decía con una voz que intentaba sonar normal:

–Muy feliz, de verdad, muchas gracias a todos los que hayan votado. Estoy muy feliz. Muchas, muchas gracias –decía, sabiendo que no hacía más que decir lo mismo una y otra vez.

Al trancar, Beatriz lanzó un grito de alegría y se limpió las lágrimas de los ojos. Estaba feliz, caminaba de un extremo al otro de su cuarto sin saber qué hacer. Quería decírselo a alguien, así que llamó a su madre al celular, sin percatarse de que eran las cinco de la mañana. La señora Mercedes no contestó. Pensó en llamar a su hermana, pero no sabía si sería prudente y no quería despertar a su cuñado. Pensó en sus amigas, en Diego, y los imaginó a todos durmiendo plácidamente, en sus camas, en sus vidas propias, y decidió no molestar a nadie. Les contaría cuando ya fuera de día. Fue a la cocina a prepararse un café, pues sabía que ya no podría dormir de nuevo. Con su taza en la mano, Beatriz encendió las cornetas de su *iPod* y se recostó en el sofá para ver el cielo clarear, mientras su vida pasaba por su mente:

Su primera palabra «más», porque su mamá siempre le preguntaba «¿más?» cuando le estaba dando la compota. Su primer día de clases en el colegio, no sabía de reglas, no sabía de nada; sus primeras amigas, cuando le habían explicado que la «c» seguida de las vocales «e», «i» se pronuncia como «s». La primera vez que pensó que tenía un libro favorito: *La vuelta al mundo en 80 días*. Cuando en el colegio le enseñaron a dividir, lo que significó su primera dificultad en Matemática, la cual no cesaría hasta el día de su graduación de bachiller. Su primera ida al cine con las amigas sin ninguna mamá; su primera fiesta con hombres, la primera vez que bailó merengue; una olvidada fiesta en la que fue ella quien sacó a un niño a bailar; la primera vez que puso el despertador a las cuatro de la mañana para levantarse a estudiar; su primera bata de laboratorio, la cual siempre olvidaba en la casa. Su primera mascota, Arena, un bello golden retriever que dormía en la puerta de su cuarto; la primera vez que probó el café, y le gustó; su primer cuento, «Los mejores regalos», escrito para un concurso de cuentos de Navidad de su colegio, el cual ganó. Entonces descubrió que tenía talento para escribir, además de que mientras escribía el cuento había disfrutado bastante. La primera y única vez que se había copiado en un examen, la pregunta fue: «¿Qué evento tuvo lugar el 24 de enero de 1848?». La respuesta era «el día del fusilamiento del Congreso por parte de José Tadeo Monagas». Su primera fiesta de quince años. Cuando las amigas se iban a su casa directo del colegio y su mamá se veía obligada a improvisar un almuerzo. La primera vez que fue a Europa. Cuando vio la Mona Lisa y no le pareció gran cosa. Sus escapadas en la noche para caminar sola por ahí. El día que decidió que quería estudiar Letras. Su primer día en la universidad, sentada en la primera fila, en silencio y viendo a los lados pensando que todo el mundo sabía más que ella, todo el mundo hablaba de libros, ella conocía algunos, otros no, y dudó si había escogido la carrera correcta. (Con el paso del tiempo se dio cuenta de que todos sus compañeros estaban tan asustados como ella y que hablar de libros y escritores había sido una armadura para tapar su inseguridad). El olor del cafetín de la UCAB, que aún no ha cambiado; las incontables veces en las que le sonrió a Santos cuando se lo cruzaba en el pasillo, sin conocerlo aún. Las pocas pero espectaculares veces que fue con sus compañeros de clase a tomar cervezas a El León. Su primer café con Santos; el matrimonio de Santos y Anita. Su primera novela publicada y lo feliz que se había sentido. Su vida literaria, su vida familiar, su vida de mujer exitosa, su vida de soledad, sus amistades del colegio, sus amistades de la universidad, sus amistades literarias, su manicurista de toda la vida, a quien siempre le había dicho «tú me harás las manos el día de mi boda», hasta el día en que había decidido que no se casaría y lo dejó de decir. Cuando había intentado llamar a Santos, su apartamento, su iPod, su vino, su café... y, así, su vida había desembocado en ese momento... todo era suyo, nada era «nuestro», no recordaba haber usado ese posesivo en plural en mucho tiempo, y eso era porque nunca se había convertido en Beatriz Blanco de... sino que había decidido permanecer como Beatriz Blanco...

A las siete de la mañana comenzaron las llamadas de felicitación por parte de los colegas. Beatriz atendió a cada una. A las ocho, sintió hambre. Como no quería cocinar, se dio una corta ducha, se puso ropa deportiva y salió de su apartamento para caminar hasta la panadería Danubio.

Con su café, Beatriz repasó la llamada que había recibido hacía unas horas. Todavía no lo podía creer, iba a esperar a que fuera un poco más tarde para llamar a su familia y contarles. Sabía que estaba en la cúspide de su carrera, se podía decir que había llegado a la meta de la vida que había planeado. Si hubiera elegido el camino de casarse, quizá su mayor satisfacción la hubiese traído el tener una familia estable, sana, unida y alegre. A veces se preguntaba qué estaría haciendo si hubiera elegido ese otro camino. Cómo habría sido su boda... eso no lo sabría nunca. Probablemente hubiera sido como la de Santos y Anita, solo que ella hubiera sido la novia, y el cortejo habría estado integrado por sus amigas y su hermana Sofía, y no por las amigas de Anita, que no habían visto con buenos ojos que ella hubiera ido a la boda. El recuerdo de la boda de Santos y Anita aún le producía dolor. No la había pasado nada bien.

XVI.

Recuerdo
de la *boda* de
Santos y Anita

La boda de Santos y Anita... Para su sorpresa, Beatriz había sido invitada. Las dos familias eran bastante amigas, pero Beatriz daba por sentado que sería una falta de respeto hacia Anita su presencia en el enlace nupcial, y que Santos también lo pensaba así. El día en que había recibido la invitación había llegado a las ocho de la noche a su casa, con una carpeta pesada en una mano y sus altos tacones en la otra. Se bajó del carro descalza, sin importarle que hubiera lloviznado. Al entrar, dejó la carpeta en la mesa del recibidor y subió a dejar sus zapatos para cambiarlos por unas pantuflas. Apenas entró a su cuarto vio un sobre *beige* sobre la cama... Al leer su nombre escrito en cursivas sintió taquicardia, lo abrió y leyó:

José Antonio Escalante, Amalia Richter; Roberto Ibarra, Cristina Coronado se complacen en invitarla al matrimonio de sus hijos Santos y Ana Cristina.

Santos se iba a casar con Anita. Ya de por sí, Beatriz no había tenido un día fácil, y recibir la invitación para la boda de Santos no era un evento que lo mejorara. Beatriz arrojó la invitación de nuevo en su cama y bajó a la cocina.

—¿Viste la invitación? —le preguntó Mercedes al verla entrar en la cocina.

Mientras abría la nevera, Beatriz intentó adoptar un tono de voz tranquilo y se encogió de hombros mientras respondía:

—¡Sip!... No voy a ir.

—¿Por qué, Bea? Si para ti es casi como si se casara un primo... Bueno, eso has dado a entender.

Esa actitud de su madre la molestó mucho. Trató de controlarse, pero su voz reveló su mal humor:

—Sí, mamá, yo sé... no me importa, pero igual no quiero ir. Pobre Anita.

–¿Qué pasó? –preguntó Sofía entrando a la cocina.

–¿Por qué pobre Anita? Si Santos la ama a ella ahora –le preguntó la señora Mercedes a Beatriz, ignorando la pregunta de Sofía.

Beatriz continuaba con la cara metida en la nevera, como si la jarra de agua no estuviera a simple vista. Sus ojos estaban a punto de desbordarse. No respondió. Cerró la nevera, se sirvió el agua y subió a su cuarto. Ya no tenía hambre.

Sofía vio a Beatriz salir de la cocina y le preguntó a su madre en voz baja qué había pasado.

–Santos se va a casar y Beatriz está invitada al matrimonio.

Sofía abrió los ojos con sorpresa y subió las escaleras a grandes zancadas para buscar a Beatriz en su cuarto, pero ya estaba cerrado con llave.

Beatriz se metió en la ducha, el sitio por excelencia donde las personas expresan sus verdaderos sentimientos. Lloró arrodillada. La tristeza a veces es tan grande que el cuerpo literalmente siente que no se puede mantener en pie, porque no puede soportar tanto. Lo que nunca se había detenido a explicarle a su madre es que ella había terminado con la relación, efectivamente, porque sentía que una familia le quitaría el tiempo para dedicarse a su trabajo y triunfar en el mundo de las letras, no porque hubiera algo en Santos que le molestara. Eso significaba que había sufrido, casi como cualquiera...

Apenas salió de la ducha, se puso la pijama y apagó la luz.

Al día siguiente, viernes, había salido con unas amigas a tomar un vino. Luego del brindis, les dijo:

–Tengo que mostrarles algo y necesito que me digan qué tengo que hacer.

Sacó la tarjeta de su cartera y se la pasó a una de sus amigas, para que la leyera en voz alta...

–Bueno, Bea... –intervino una de sus amigas apenas acabaron de leer la tarjeta– ya no lo quieres... sus papás son amigos de tus papás... tómalo como la boda de un primo lejano al que nunca ves.

–Eso mismo me dijeron en mi casa –dijo Beatriz, más calmada.

—Ay ve a la boda, Bea, nadie la pasa mal en una boda—le aconsejó Adriana, la que había leído la carta en voz alta—. Si siguieras despechada por el hombre, yo te dijera «oye, Bea, no me parece, creo que te puede afectar». Pero ya Santos no te hace ni coquito, ¿para qué perderte de una boda?

Beatriz asentía, fingiendo que estaba siendo convencida.

—O es que sí sientes algo por Santos todavía... —inquirió Isabel que había permanecido callada hasta ese momento.

—No. No es por eso, Isa. Simplemente me parece raro que me hayan invitado. El solo hecho de que se les hubiera pasado por la mente...

—Entonces ve. Piensa en la comida, la música, las otras personas...

Y así, sus amigas, su madre, el paso del tiempo y su propia curiosidad la fueron convenciendo.

El día de la boda había llegado. Beatriz fue a la peluquería, muy a su pesar. No se hizo ningún moño, iría de pelo suelto. Se pintó las uñas de un rosado muy pálido, casi blanco. Su vestido era azul marino, corto, medio hombro, con un gran lazo de la misma tela del vestido, que tapaba el hombro derecho por donde pasaba la tira.

En camino a la boda estuvo a punto de arrepentirse y pedir a sus padres que se devolvieran, pero no lo hizo, porque sabía que no regresarían a su casa a dejarla y porque eso desencadenaría una serie de preguntas que no estaba dispuesta a responder. Llegaron a la iglesia escasos minutos antes de que comenzara la ceremonia. Beatriz finalmente se bajó del carro. La verdad es que no entendía cómo había llegado hasta allí. Había considerado invitar a un amigo, pero sabía que encontraría mucha gente conocida con la que podría compartir en la fiesta, además, si no se quería casar, tenía que empezar a acostumbrarse a cumplir sus compromisos sociales sola.

Al llegar se encontró con tres de las integrantes del cortejo, amigas de Anita que la miraron sin disimulo, y, a juzgar por sus miradas, les desagradaba verla allí. Ella les dedicó una sonrisa tímida, pues no quería ningún problema, y subió los escalones sin mirar a los lados. Antes de cruzar el umbral de la puerta de entrada, Beatriz vio a Santos. Caminaba con las manos dentro de los bolsillos del pantalón, mirando al suelo, de un lado al otro del pequeño jardín lateral de la iglesia. Beatriz dio un paso hacia él, pero retrocedió. Permaneció ahí de pie unos pocos segundos, esperando a que él levantara la mirada para, por lo menos, dedicarle un saludo de lejos con la mano. Como Santos nunca levantó la cabeza, Beatriz entró a la iglesia. Sus padres estaban saludando a los padres de Santos y felicitándolos, Beatriz se acercó forzando una sonrisa. Saludó a los padres de Santos. La señora Amalia le dijo que estaba muy bonita y le preguntó si había saludado a Santos.

—No lo vi —mintió Beatriz—, yo lo saludo luego para felicitarlos a él y a Anita.

Eso también había sido una mentira. Beatriz no quería saludarlos, es más, ya había decidido que no iría a la fiesta, quería que se acabara la boda y regresar a su casa, no entendía cómo había llegado hasta allí.

Beatriz se sentó junto a sus padres en una de las últimas filas de los bancos de la izquierda. Estaba sentada en el extremo del banco, para que la viera la menor cantidad posible de personas.

—¿Viste que no es tan malo, Bea? —le preguntó su madre a Beatriz.

—Sí, mamá —respondió Beatriz de manera cortante.

—Beatriz —le dijo la señora Mercedes bajando la voz—, ¿te pone triste estar aquí? ¿Te quieres ir?

—Ya no nos podemos ir, mamá. Si salgo ahorita me voy a topar de frente con Santos, con sus papás, que me van a preguntar por qué me estoy yendo, además con Anita y sus amigas, que, por cierto, ya pusieron mala cara cuando me vieron.

—No te pregunté si nos íbamos, te pregunté si te querías ir y, con tu respuesta, me dijiste que sí.

Beatriz suspiró con tedio y entornó los ojos. La música de entrada del cortejo comenzó a sonar. Beatriz vio a Santos tomado del brazo de su madre. Caminaron a pasos lentos, al ritmo de la melodía. Por un segundo, Beatriz se enterneció al ver a Santos caminando hacia el altar y, por otro segundo, se admitió a sí misma que en alguna parte de su alma le dolía estar en la boda de Santos como invitada.

Anita entró tomada del brazo de su padre, sonriendo radiantemente. La verdad es que ella siempre había sido muy dulce y amaba a Santos. Beatriz no dudaba que Anita se iba a desvivir por hacerlo feliz, eso la tranquilizaba, ella podía tener sus ambiciones extrañas, y haber dejado a Santos por alcanzarlas, pero aún así, aunque tuviera años sin hablar con él, le seguía teniendo cariño y le deseaba la más hermosa de las vidas. Siguió el recorrido de Anita con la mirada. Sabía que tenía el ceño fruncido, pero su rostro no podía relajarse. Respiró hondo. Cuando se atrevió a mirar a Santos, este estaba viendo a su futura esposa, sonriendo. En ese momento, Beatriz apretó los labios y sus ojos brillaron.

Al momento de los votos, Beatriz bajó la cabeza, como si estuviera escuchando una oración en un entierro, mientras Santos decía:

—Yo, Santos, te quiero a ti, Ana Cristina, como esposa, y me entrego a ti y prometo serte fiel en las alegrías y en las penas, en la salud y en la enfermedad, todos los días de mi vida.

No había vuelto a escuchar la voz de Santos. Sintió como si nunca hubiera dejado de escucharla. No prestó atención cuando Anita dijo sus votos. Subió la mirada cuando el padre le indicó a Santos que podía besar a la novia. Los dos se veían felices. Beatriz se sentía como la persona más egoísta del mundo, pues aunque se sentía segura de su decisión de no querer casarse, estaba empezando su primera novela y tenía el futuro bien trazado, le dolía que Santos se estuviera casando con alguien más que no fuera ella.

—Soy despreciable —dijo Beatriz apretando los dientes y moviendo sus labios lo menos posible.

Pero no podía negar el dolor que sentía, porque la verdad es que ella lo quería.

XVII.
Navidad

Tuvo que hacer dos viajes para meter todos los regalos en el carro. Pensó en pedirle ayuda al conserje, pero sabía que estaba celebrando con su familia y no quiso molestar. Había querido meterlos en dos bolsas grandes de basura, pero se le habían acabado, así que tuvo que cargarlos en sus brazos. La fiesta de Navidad sería, como todos los años, en casa de sus padres. Irían sus dos hermanos, Sofía e Ignacio, con sus hijos; además de sus tíos, hermanos de sus padres, con sus respectivos cónyuges, y los primos de Beatriz con sus hijos. Eran en total unas cuarenta personas, que solo se veían en Navidad y Año Nuevo, así que Beatriz disfrutaba y valoraba mucho esta fecha.

Iba en el carro escuchando gaitas, comenzó con «La grey zuliana», luego buscó en su *iPod* «La gaita de Luis el perro», que narra un día en la barbería del barbero Luis, no es la gaita más conocida pero sí una muy buena, y era la favorita de Beatriz, que cantaba en el carro, sin importarle que la pareja que estaba en el carro de al lado, esperando a que la luz del semáforo cambiara a verde, la observara.

Al llegar a casa de sus padres, Beatriz tocó el timbre. Salió a abrirle el portón su padre, el señor Ernesto, que la ayudaría con los regalos.

—¡Beíta! Te ves muy bonita —dijo mientras caminaba hacia ella con los brazos abiertos.

—Gracias, papá —dijo Beatriz mientras se le acercaba a darle un beso en la mejilla.

—Eres la primera que llega.

—¡Claro! —dijo Beatriz al abrir la puerta trasera de su auto para comenzar a sacar los regalos.

—Agarré los grandes, Beatriz, esos chiquitos se me caen, llévalos tú.

—Gracias, papá, tranquilo. Esos son los de las mujeres que, este año, les compré un juego de zarcillos con cadena a todas, no sabía qué regalarles.

Caminaban juntos hacia la puerta.

—¿Y qué le compraste a tu viejo?

—Ya vas a ver... creo que te va a gustar. Lo conseguí en una subasta.

—¡Beatriz! Espero que no sea algo carísimo.

—Tranquilo, papá... Lo que importa es que te guste.

—No —dijo el señor Ernesto caminando hacia el árbol para depositar los regalos—. Lo que importa es que hoy nace el Salvador.

Beatriz sonrió. Siempre había admirado la religiosidad tan pura de su papá, casi infantil. Dejando los regalos debajo del árbol dijo:

—Tienes razón, pero igual, te quise dar algo.

—Gracias, Bea —agregó el señor Ernesto pasando su brazo por los hombros de su hija.

Fueron a la cocina, donde se encontraban dos mesoneros que habían contratado los padres de Beatriz para que ayudaran durante la noche:

—¿Se les ofrece algo de tomar? —preguntó uno.

El señor Ernesto pidió un *whisky* y Beatriz, una champaña. Se fueron a sentar a la sala a esperar a que bajara la señora Mercedes y llegaran los demás invitados.

Una hora después ya estaban todos. Los adultos estaban en la sala conversando, mientras de fondo sonaban aguinaldos.

—¡Beatriz! —Se acercó su hermano Ignacio con un vaso de *whisky* en la mano—. ¿Y entonces, hermana? Te cuento que se divorció Isaías, ¿quieres que te cuadre una salidita?

—¿Con el pichirre ese?

—¡Bea! Qué te importa que sea pichirre si tú tienes plata por tu cuenta.

—Ay, de todas formas, Ignacio... además, cuando me lo presentaste le sentí mal aliento.

Ignacio rio con gusto y dijo.

—¡Pensé que no te habías dado cuenta! Ese es un tema en la oficina cuando él no está. Es un tema, en serio. No, no, perdón. Es EL tema.

Beatriz, con sus manos en la cintura, lo miró fingiendo seriedad.

–¿Se puede saber cómo se te pasó por la mente cuadrarme una salida con alguien cuyo mal aliento es tema en la oficina? Es más, seguro se divorció por eso.

Ignacio volvió a reír. Luego, intentando también fingir seriedad dijo:

–Tienes razón, tienes razón. Además, yo sé que tú no sales con divorciados porque siguen casados por la iglesia, entonces es como si siguieran casados... yo te conozco tus complicaciones religiosas.

–¡Ignacio! –dijo Beatriz mientras le quitaba el vaso a su hermano, intentando ahora parecer molesta pero la verdad es que no podía evitar reír–. Si quisiera salir con alguien lo haría y punto.

–Yo sé, yo sé, Bea. Y te va muy bien como estás. Yo, por otro lado, qué bien que me casé. –Extendió el brazo pues su esposa se estaba acercando–. Yo sin este pilar, no podría vivir. –Y besó a su esposa en la cabeza.

–¿De qué se ríen tanto? –preguntó la esposa de Ignacio, Pamela.

–Nada, nada, gorda. Le estaba intentando cuadrar a mi hermana Beatriz una cita con Isaías.

La esposa de Ignacio arrugó la cara.

–Ay, gordo, yo a él le sentí mal aliento. No le hagas eso a Beatriz.

Beatriz e Ignacio rompieron a reír.

–Estábamos hablando de eso –dijo Beatriz entre risas.

–Oye, pero, ya va –dijo Ignacio de repente–. ¿Santos no enviudó pues?

Su esposa le dio un ligero golpe en el brazo.

–¡Ignacio! ¡Qué horrible! Fue hace apenas un año. Deja de tomar es lo que es, seguro no hubieras dicho eso si estuvieras sobrio.

–Epa , epa... estoy sobrio y lo digo en serio. Ya pasó un año, Santos y Anita nunca tuvieron hijos... además, yo sé que la única persona con la que Beatriz estaría de verdad dispuesta a formar una relación sería con él. –Ignacio miró a Beatriz y continuó–. Yo te conozco, Bea, sé que tu vida te gusta, pero creo que con él, oye, así sea una vez, saldrías, ¿o no?

Los dos miraron a Beatriz esperando una respuesta.

—Bueno... sí, claro, como amigos —dijo Beatriz.

—¡Seeeguro! —exclamó Ignacio—. Bea, tú sales con él, y me cambio el nombre a José María si ustedes no vuelven a sus amoríos.

Beatriz negó con la cabeza mientras reía y decía:

—No, Ignacio, eso es imposible. Yo estoy contenta y él ni me contestó cuando quise llamarlo para darle el pésame.

—¿Qué? —exclamaron Pamela e Ignacio al mismo tiempo.

—¿Lo llamaste y no te contestó? —preguntó Ignacio—. Ese hombre está loco.

—Capaz y es de esos que no contesta llamadas de números desconocidos —opinó Pamela.

—Pamela, por Dios —le dijo Ignacio a su esposa—. Eso no existe.

—¿Ah, sí? —preguntó Pamela.

Ignacio, entendiendo el tono en el que lo había interrogado su esposa, agregó:

—No es que cuando me llama un número desconocido asumo que me está llamando una exnovia que me terminó hace décadas porque quería ser escritora y no casarse. Puede ser un empleado, un amigo, un socio, tú misma desde el celular de una amiga tuya porque te quedaste sin pila.

—Bueno, el punto es que no atendió.

—¿Cuántas veces intestaste llamarlo? —le preguntó Pamela a Beatriz.

—Tres...

Beatriz salió un rato al jardín a ver cómo estaban sus sobrinos. Los más jóvenes jugaban con luces de bengala que uno de sus tíos había comprado, y cada vez que a alguno se le apagaba su luz, se le acercaba para que le encendiera otra. Los más grandes estaban sentados en una de las mesas que habían sido acomodadas con manteles dorados para la cena. Beatriz se les acercó.

—¿Cómo está la juventud?

Le pidieron a Beatriz que arrastrara una silla, para que se sentara con ellos un rato. Una de sus sobrinas le dijo:

—Tía, sabes que mi profe de Literatura del cole conoce que tú eres mi tía y siempre me pregunta por ti, que cómo estás, que si tus libros, dígame cuando dijeron que te habías ganado el Cervantes.

—¿Qué hizo? ¿Se desmayó? —preguntó su primo.

—Te mandó las felicitaciones, tía. Aquí te las doy, un poco atrasadas.

—¡Eeeeeso, tía! ¡El Cervantes! ¿Qué es el Cervantes? —dijo el mismo primo que había preguntado por la profesora de Literatura.

—¡Ay, Andrés! No estás en nada —saltó otra.

—Ajá, pero si yo estudio Ingeniería en Producción, ¿qué quieres que haga?

—Es cultura general, Andrés —respondió su prima.

—Anda, tía, dime. ¿Qué es el Cervantes?

—Un premio de literatura que dan en España —respondió Beatriz tranquilamente.

—Ajá, pero ajá, ¿es como el Nobel? ¿O medio pirata?

—¡Andrés! —volvió a intervenir su prima.

—Es bueno, la verdad —respondió Beatriz.

—Ay, tía, deja la humildad para luego —habló por primera vez su sobrina Victoria. Luego, dirigiéndose a Andrés:

—Es el mejor premio que existe en la literatura hispana. Es como el Nobel, pero solo toma en cuenta libros escritos en español.

—¿Es en serio? —preguntó Andrés asombrado—. ¡Eeeeso, tía! ¡Ya pasaste a mayores! En serio, felicitaciones. —Y le ofreció su palma para que Beatriz le chocara los cinco.

Cuando ya faltaban unos diez minutos para las doce, todos estaban congregados en la sala. El señor Ernesto ofreció unas cortas palabras:

—Como siempre, me llena de alegría tenerlos a todos aquí. Ver a una familia tan grande, unida, pasando un buen rato, lo llena a uno de dicha, qué gusto. Espero que no hayan olvidado que lo que estamos celebrando hoy es el cumpleaños de Jesús que, siendo Dios, se hizo como nosotros para redimirnos de nuestros pecados, y es por eso que estamos reunidos esta noche. Por supuesto, yo también estoy emocionado por Santa Claus, que viene hoy, ¿verdad niños? —Los más pequeños asintieron emocionados—. Pero, no hay que olvidar quien es el verdadero protagonista de esta noche. Bueno, no me quiero encadenar. ¡Feliz Navidad, familia!

—Feliz Navidad —respondieron todos al unísono, y se fueron abrazando y deseándose una feliz Navidad.

Beatriz dijo en su mente «feliz cumpleaños» y fue abrazando uno a uno a todos sus familiares.

Luego, vino el momento de la cena. Había pavo, pernil, ensalada de gallina, pan de jamón, arroz con almendras, puré de papas. Beatriz tomó de todo un poco y se sentó en una mesa con su hermana Sofía, su esposo, un primo de la familia con su esposa, e Ignacio y Pamela.

—Mira, Beatriz, ¿cuándo es la entrega del premio? —le preguntó su primo.

Beatriz esperó a tragar para responder.

—El 23 de abril.

—Ah... claro, claro. El día del nacimiento de Cervantes —dijo su primo mientras picaba un pedazo de pavo.

—Exactamente —dijo Beatriz.

—A mí, hay una frase de Cervantes que me encanta —continuó el primo—. Que está ahí en un muro de CEDICE*, la veo todos los días.

—¡Ah, claro! Si es en CEDICE[1], debe ser la de la libertad —dijo Beatriz y declamó la frase—: «La libertad, Sancho, es uno de los más preciosos dones que a los hombres dieron los cielos, con ella no pueden igualarse los tesoros que encierra la tierra ni el mar encubre. Por la libertad, así

---

1. Centro de Divulgación del Conocimiento Económico para la Libertad

como por la honra, se puede y debe aventurar la vida y, por el contrario, el cautiverio es el mayor mal que puede venir a los hombres».

–Esa misma. Me fascina. Y, luego, en esa misma parte del libro, viene otra que me gusta más todavía, que dice algo así como... –Se llevó una mano a la boca intentando recordar las exactas palabras, pero como no pudo, decidió parafrasear–: Feliz aquel que recibe un pedazo de pan del Cielo, y no tiene que agradecerle a otro que al mismo Cielo.

–¡Eso sí que es verdad! –intervino la hermana de Beatriz–. No hay nada peor que sentir que debes favores, y que te ayuden esperando que tú luego los ayudes. Por eso, yo siempre digo que es mejor comerse un pan duro en un apartamento de cuatro metros por cuatro, que comerte un manjar en el castillo de alguien más.

–Estoy de acuerdo, amor –dijo su esposo.

Siguieron hablando y Beatriz recordó de nuevo que era el cumpleaños de Santos y se preguntó qué estaría haciendo él en ese momento. Santos cumplía el día de Navidad. Beatriz, con la excusa de que iba al baño, entró en la casa a buscar su cartera. Sacó su celular y lo miró por unos segundos. En el fondo sabía que no le mandaría ningún mensaje a Santos deseándole un feliz cumpleaños, pero aun así se vio tentada a buscar el nombre de Santos entre sus contactos y a escribirle un mensaje, que decía: «Santos, feliz cumpleaños. No pude evitar acordarme. Espero que, dentro de todo, estés pasando un buen rato y una feliz Navidad. Un abrazo, Beatriz Blanco». Leyó el mensaje en voz baja y lo borró. Guardó de nuevo su celular en la cartera y volvió al jardín.

A las dos de la mañana estaba de vuelta en su casa; una sobrina, hija de su hermana Sofía, le regaló una primera versión de *Harry Potter* autografiada por la autora. Sí... Beatriz había leído *Harry Potter*, le gustaba, y no le avergonzaba admitirlo. Antes de dormirse, miró otra vez su celular, sabiendo, de nuevo, que no escribiría ningún mensaje, sobre todo por la hora. Una mujer de bien no le enviaría un mensaje a su exnovio a las dos de la mañana. Así se decía para consolarse, pues, como dice el dicho: «El digno sufre pero su dignidad lo consuela».

XVIII.

Cumpleaños

Era domingo 30 de marzo del 2014, día en que Beatriz cumplía cuarenta y cinco años. Abrió los ojos a las siete de la mañana. Sonrió para sí al recordar una vez que alguien le había dicho que levantarse temprano un domingo era «tan chimbo», como acostarse a las ocho un viernes en la noche. Se levantó de su cama y fue al baño a lavarse los dientes. Había dejado allí su *iPod* conectado a las cornetas pues en la noche había tomado un largo baño de burbujas. Lo encendió y, buscando en la lista de artistas, decidió que Shakira sería una buena opción. La primera canción en sonar fue «Pies descalzos». Beatriz cantaba mientras untaba su cepillo de dientes con crema dental. La música era una parte clave en la vida de Beatriz. Un ejemplo de cómo estaba presente en su cotidianidad era que su dentista le había dicho que una lavada de dientes debía durar aproximadamente tres minutos. Beatriz, en vez de contar los tres minutos, se lavaba los dientes según el tiempo que durara una canción, ese era su cronómetro. Ella había escuchado que esa constante necesidad de música se debía al miedo al silencio, a un miedo a pensar y reflexionar sobre la vida propia (una vez un sacerdote había hablado de eso en misa). Beatriz había decidido reservar la música únicamente para el carro, pero después de tres días en que en su casa no escuchaba más que sus propios pasos, desistió de esa idea con la excusa de que la falta de música podía aplicarse a hogares donde vivieran más de una persona, pero no a ella, ya que las canciones no le impedían conversar con nadie.

La canción fue llegando a su final, Beatriz se enjuagó la boca para poder cantar su parte favorita, cuando Shakira hace referencia al hecho de que las mujeres que no se casan antes de los treinta, quedan para vestir santos.

—Yo no visto santos —le dijo Beatriz al espejo—. Bueno, no desvisto a Santos tampoco.

Se miró un segundo en silencio y soltó una carcajada ante su mal chiste.

—Ay, Dios, qué terrible.

Se preguntó si Santos se acordaría de su cumpleaños, pues ella se había acordado del cumpleaños de él. Estaba casi segura de que no...

Al mismo tiempo en que Beatriz se había lavado los dientes, Santos se estaba despertando, solo en su apartamento en La Castellana. Al ver la hora, recostó de nuevo su cabeza en la almohada e intentó volver a dormirse. Permaneció unos diez minutos con la cabeza apoyada en la almohada y los ojos cerrados, pero sus intentos de volver a conciliar el sueño eran inútiles. Encendió el televisor y se levantó de la cama, necesitaba un ruido que lo acompañara. Fue a la cocina a prepararse un café. Ya con la taza en la mano salió al balcón a fumar un cigarrillo. Solo fumaba en las mañanas. Permaneció unos minutos con las manos apoyadas en la baranda mirando al Ávila. Anita siempre le había pedido que la acompañara a subir al Ávila los domingos en las mañanas, y él nunca había querido, hasta el día en que Anita había enfermado, pues entendió que ella no le pediría subir al Ávila nunca más, y hubiera dado algo por poder subir con ella hasta Sabas Nieves. Tantas veces que se había quedado viendo en su cama desde torneos de golf hasta la Fórmula 1 mientras su esposa escalaba el Ávila sola. Sumido en estos pensamientos sintió sus ojos llenarse de lágrimas e impulsado por los sentimientos fue a darse una corta ducha para vestirse con ropa deportiva e ir a subir al Ávila junto a otros cientos de caraqueños.

Beatriz normalmente asistía sola a la misa de las seis de la tarde de los domingos, pero como ese día tendría una cena en su casa debido a su cumpleaños, fue a la misa de las ocho de la mañana. Se dio una corta ducha y se vistió con ropa deportiva aunque no iba a hacer ejercicio.

Mientras manejaba, Santos miró la hora, al ver que eran las siete y cincuenta decidió, aunque no era su costumbre, ir a misa; sabía que a las ocho había misa en la iglesia de Campo Alegre porque a esa hora iban sus papás, generalmente...

Beatriz caminó hasta la iglesia, portaba unos enormes lentes de sol, pues no se había maquillado, y se había amarrado el pelo en una mojada cola de caballo, de modo que el único accesorio que denotaba coquetería eran sus zarcillos. Beatriz nunca se dejaba ver desarreglada, pero como esa misa no se llenaba mucho, su apariencia física no la preocupó demasiado. Se sentó en el último banco junto al pasillo y se quitó los lentes. Como la misa no había comenzado aún, se arrodilló para orar unos minutos con los ojos cerrados.

Santos estacionó justo frente a la iglesia, le dio las gracias al hombre que le cuidaría el carro y subió los escalones de la entrada. Se había casado en esa iglesia y cada vez que iba recordaba aquel día. Entró sin prestar mucha atención a su entorno, se sentó en la antepenúltima fila y se recostó en el respaldar.

El sacerdote hizo su entrada al altar. Al verlo, Santos se levantó. Al mismo tiempo que, al sentir el ruido, Beatriz abrió los ojos y se puso también de pie. Lo vio. Lo reconoció al segundo, aunque no pudiera verle la cara. Beatriz tuvo la tentación de abandonar la iglesia y asistir a una misa a otra hora, porque no quería que él la viera así. Quiso ponerse de nuevo sus lentes de sol, pero sabía que eso se vería raro, así que asumió su situación: Santos estaba ahí, en misa. Ella estaba horrible y, probablemente, se saludarían.

La misa se llevó a cabo como en cualquier domingo, con la diferencia de que Beatriz no escuchó ninguna lectura, ni el evangelio, y continuó distraída en la homilía pensando en el momento en el que el padre les pidiera a todos que se dieran la paz. Si Santos se volteaba, se verían frente a frente y no tendrían más remedio que darse la paz...

Llegó el momento del Padrenuestro, que se reza justo antes de que los feligreses se den la paz. Beatriz no podía creer que justo esa mañana había hecho su mal chiste para sí misma sobre «vestir santos y desvestir a Santos» y ahora lo tenía dos filas adelante en misa y le tendría que dar la paz. Se vio las manos, por lo menos estaban arregladas y pintadas. Escuchó al padre decir «daos fraternalmente la paz», había oído esa frase centenas de veces antes, pero nunca le había dado taquicardia el escucharla.

Beatriz le dedicó una sonrisa y un «la paz» a una pareja de ancianos que se había sentado en su misma fila pero del otro lado del pasillo central. Vio a Santos darle la paz a la persona que tenía a su lado. Esperó a que se volteara para así extenderle el brazo en un saludo de paz, pero Santos nunca se volteó. Aliviada porque Santos no la había visto así de desarreglada como estaba, pero decepcionada porque, en el fondo, sí había querido darle la paz, Beatriz se arrodilló cuando el padre elevó la hostia consagrada. La fila para recibir la comunión era corta, así que Beatriz pasó rápidamente junto a Santos. Él, al verla caminando hacia el altar, aunque estuviera de espaldas, la reconoció y enseguida recordó que era su cumpleaños. Santos esbozó una casi imperceptible sonrisa y quiso saludarla al terminar la misa, pero no pudo, porque Beatriz salió de la iglesia tras recibir la comunión.

Al llegar a su apartamento, Beatriz cerró la puerta y respiró hondo mientras abría y cerraba las manos. Acto seguido, se echó a reír, mientras decía:

−No puede ser, estoy cumpliendo cuarenta y cinco años y todavía me tiemblan las manos... esto me pasa por no haber besado a ningún hombre en veintidós años... perdón, en veintitrés.

Beatriz se quedó pensativa unos segundos:

−Veintitrés años sin besar a nadie, ¿volveré a besar a alguien algún día?

No quiso perder el tiempo con esos pensamientos pues, además, ella había decidido no enamorarse ni establecer una relación amorosa nunca más. Así que, simplemente, buscó las cornetas de su *iPod*, que había dejado en el baño, y las llevó a la cocina. Se prepararía un simple sándwich de pan integral y luego escribiría las diez páginas que le correspondían para ese día. «No es serio este cementerio», de Mecano, comenzó a sonar y Beatriz se preparó su desayuno.

Esa noche, Beatriz había contratado un carrito de *sushi* para su cumpleaños. Contrató a dos mesoneros para que la ayudaran, uno de los cuales frio unos tequeños comprados para la ocasión. Beatriz se vistió con un pantalón blanco de seda y una blusa dorado mate sin mangas, se la puso por dentro con una delgada correa también dorada. Unos altos tacones y un largo collar de perlas de tres vueltas que se había comprado hacía varios años, el cual le había costado mil dólares y que al día siguiente cambiaría por dinero en efectivo para donarlo a alguna organización. Cada año, en su cumpleaños, Beatriz utilizaba alguna prenda valiosa que vendería al día siguiente. Había iniciado esa tradición en su cumpleaños número cuarenta, luego de hacer el Camino de Santiago, donde, luego de tres semanas viviendo en austeridad, había comprendido la belleza de esa virtud y, desde esa vivencia, no se había comprado una joya más.

Beatriz había alcanzado eso que muchos llaman éxito a los treinta y seis años con su novela *Ángela en la prisión*, que trataba de una joven muchacha de veinte años cuyo padre, un famoso neurocirujano, había sido acusado erróneamente de asesinar a uno de sus pacientes, por lo que es llevado preso. A lo largo de la novela, la protagonista cuenta sus vivencias en las visitas a su padre en la cárcel y cómo esa situación afecta su vida diaria. Sin embargo, sus dos libros más conocidos eran *De perlas al olvido* y *Conversación en la alfombra*. Había escrito también otras dos novelas muy celebradas por el público y la crítica: *El secreto de la mansión Morgan* y *Hace un millón de noches*. Beatriz hacía una cantidad bastante generosa de dinero, y, a falta de esposo e hijos, se dedicaba a consentir a sus sobrinos y programarles vacaciones sorpresa a sus padres. Era también miembro activo en las labores de la iglesia, y cada agosto, del 1 al 31, se iba a una zona distinta de Venezuela a prestar ayuda económica y evangelizar en zonas verdaderamente necesitadas... y así lograba sentirse bien.

A su cumpleaños fueron sus dos hermanos, Ignacio y Sofía, con sus respectivos cónyuges e hijos; sus padres, Ernesto y Mercedes; Diego con su esposa; su amigo Arturo y su esposa; Adriana e Isabel, dos amigas de Beatriz desde el colegio, con sus esposos, y el profesor y escritor Carlos Sandoval con su esposa.

Beatriz, sentada en una esquina con sus amigas Adriana e Isabel, les contaba el episodio de la mañana, cuando había visto a Santos en misa.

—¿Te fuiste antes de que se terminara la misa para no saludarlo?

Beatriz asintió riendo con una copa de vino en la mano.

—A ver... te dio por regresar al bachillerato y te escapaste para no saludar a tu exnovio —dijo Isabel intentando hacer que su comentario sonara serio, pero ella reía también.

—¡Pero es que ustedes no entienden lo horrible que me veía! Sin maquillaje, con el pelo mojado en una cola, ni cuando tenía veinte años me veía bien con ese *look*.

—Ay, de verdad que yo la entiendo, Isa. Si estás horrible, por supuesto que no quieres que tu exnovio te vea y piense: *menos mal que nunca me casé con ella, está horrorosa.*

—Pero es que a Beatriz ya no le gusta él, Adriana, y ha pasado demasiado tiempo.

—¡Por lo mismo! —exclamaron Beatriz y Adriana al mismo tiempo.

—No quieres que el tipo piense que pasaron los años y que él se sigue viendo bien y tú te ves decrépita. Porque ellos, cabe acotar, juran hasta el último día que se ven buenísimos.

—Dios sí —agregó Isabel—, como que volverse calvos y gordos significa que se ven interesantes y sabrosones.

Las tres volvieron a reír.

—Por cierto, ¿Santos cómo está? ¿Se ve joven o le cayó el viejo? —preguntó Adriana con curiosidad.

—Está i... gua... li... to —respondió Beatriz apretando los dientes.

—Él era buenmozo, ¿verdad, Beatriz?

Beatriz asintió.

—Sí... no se le puede negar.

—Pero tú también te ves superbién, Bea. Mala suerte que te vio sin maquillaje —y, diciendo esta última frase, Isabel soltó una carcajada a la que se unió Adriana— y con el pelo mojado.

Beatriz rio también.

—No, no, pero hablando en serio, Bea, tú haces ejercicio, tú vas al gimnasio cuatro veces a la semana —dijo Isabel—, sí te ves bien.

—Ojalá nosotras fuéramos al gimnasio contigo —añadió Adriana—, pero a una el día se le va ocupada con las cosas de la casa...

—¡Ay, no! —saltó Beatriz—. Estás loca. No sabes lo que dices.

—¿Por qué? Ojalá yo tuviera esas piernas —dijo Isabel.

—Ay, no. Yo odio ir al gimnasio —apuntó Beatriz.

—¿Entonces por qué vas tanto? No vayas y ya —intervino Adriana.

—Porque no me gusta llegar a este apartamento solo —respondió Beatriz atropelladamente y tomó otro sorbo de su copa.

Adriana e Isabel se miraron.

—Pero, Bea... —dijo Adriana dudando si continuar o no con lo que estaba diciendo—, tú querías vivir sola.

–Sí, claro. No es que no me guste mi vida, me gusta todo, excepto estar en mi casa mucho tiempo.

–O sea... te gusta tu trabajo...

–Sí, sí –interrumpió Beatriz a Isabel–. Me gusta mi día a día, me encanta madrugar para escribir. Ir a conferencias, visitar a mis papás, ir a casa de mis hermanos, salir con ustedes. Pero no me gusta estar aquí mucho tiempo, entonces voy al gimnasio.

–Lo que yo no entiendo aquí –dijo Adriana– es cómo no nos habías dicho esto antes.

Beatriz hizo un gesto de desconcierto.

–¿Qué cosa? ¿Que no me gusta ir al gimnasio?

–No es eso –dijo Adriana–, es lo que viene detrás.

–¿Qué? –preguntó Beatriz, de una manera tajante pues sabía a qué iba su amiga.

–Relájate, no entiendo por qué te estás estresando –dijo Adriana antes de continuar con su idea– si lo único que te voy a decir es que creo que quieres o, mejor dicho, extrañas la compañía. ¿Segura que no quisieras establecer una relación?

Beatriz negó con la cabeza. Isabel tomó un sorbo de su vino, dejando a su amiga Adriana continuar, pues ella pensaba lo mismo.

–No, o sea, yo estoy contenta. No es grave. Creo que se están armando la película que no es.

–A mí eso de que siempre tienes música me ha parecido como... no sé, ¿evasivo?

–¿Por qué evasivo? –preguntó Bea– ¿Qué evado?

–Tu realidad –dijo Isabel, que tomó vino de nuevo para no ver a su amiga.

–Exacto –dijo Adriana.

Beatriz las miró sin decir nada, con una mirada muy seria. Adriana continuó:

–Bea, no tiene nada de malo. Simplemente, cubres la soledad bajo cosas como el gimnasio, la música, siendo una hija y una tía increíbles, escribiendo, viajando, haciendo obras sociales, ¡y eso es normal! ¿Qué tiene de malo querer formar una relación? Todo el mundo quiere una relación estable.

—Que sería admitir que mi vida fue un error.

—No, Bea... has hecho muchas cosas, sería entender que llegaste a una nueva etapa.

—Pero es que, en verdad, yo no quiero una relación —dijo Beatriz.

—¿Segura? Bea, somos tus amigas, nos puedes decir. O sea, si en verdad no quieres una relación, perfecto. Pero, no hay nada de malo en que si un hombre te invita a comer, tú vayas.

—¿Desde cuándo no vas a una cita? —le preguntó Isabel.

—No he ido a ninguna desde que terminé con Santos.

—¿Es en serio? ¿Pero tú a qué edad es que terminaste?

—Veintidós —respondió Beatriz.

—¡Eras una bebé! —exclamó Isabel verdaderamente sorprendida—. ¡Yo a esa edad ni siquiera había conocido a Paul! —Paul era el esposo de Isabel—. ¿Dejaste de salir? No me acuerdo.

—Yo seguía saliendo a Le Club con ustedes, y otros planes por el estilo.

—¿Y nunca se te acercó nadie? ¿Nunca más? Yo eso no me lo creo.

—Sí, a veces, pero no sé, si me invitaban, yo decía que no.

—Envidio tu fuerza de voluntad —dijo Isabel.

Beatriz negó con la cabeza y dijo:

—No es un tema de fuerza de voluntad, es que estaba muy segura de lo que quería y, si de verdad me provocaba estar de nuevo en una relación, para eso volvía con Santos, así tuviera que rogarle.

—¿Alguna vez lo pensaste? —le preguntó Adriana—. ¿Volver con Santos?

Beatriz volvió a negar con la cabeza y bebió otro sorbo de su vino.

—¿Y nunca te ha escrito o tú nunca le has escrito? —indagó Isabel.

—No, para nada —respondió Beatriz. Cuando terminamos estaba muy molesto y sentido conmigo, y los dos siempre hemos sido muy orgullosos. Luego, se casó, así que imposible que alguno de los dos le escribiera al otro, ¿sabes? Él estaba feliz, para qué le escribiría a su exnovia de la universidad... Yo, obviamente, no le iba a escribir, él estaba casado y yo muy a gusto con mi vida. Solo lo llamé para darle el pésame..., lo intenté tres veces y nunca atendió.

—¿Qué? —preguntó Adriana— ¿Es en serio que no te respondió?

Beatriz asintió y dijo:

—No saben la cantidad de veces que he tenido esta conversación. Así que, de verdad, me gustaría hablar de otra cosa. No entiendo por qué Santos ha aparecido tanto en mi vida últimamente.

—¿Sí? —preguntó Adriana.

—Ay, sí. Desde que enviudó, de verdad, yo no sé qué se imagina la gente. Yo tengo veintitrés años sin hablar con él. Es como cualquier exnovio de cualquier persona. Cuando alguien enviuda, la gente espera que con los años conozca a alguien, nunca están pensando que se reencontrará con su exnovia. En serio, no entiendo.

Ignacio, el hermano de Beatriz, se acercó a donde estaban Beatriz, Adriana e Isabel.

—¿Qué pasó hermanita? ¿Cómo se sienten esos cuarenta y cinco años?

Beatriz entornó los ojos. Ignorando a su hermano, les dijo a sus amigas:

—El punto es que no vamos a salir.

—¿Con quién? ¿Con quién? —preguntó Ignacio mientras arrastraba una silla.

Isabel y Adriana rieron, y Adriana le explicó que estaban hablando de Santos. Ignacio soltó una carcajada y dijo:

—¿Viste, hermana? No soy el único con esa idea.

—Hoy lo vio —le dijo Isabel.

—¡Isabel! —exclamó Beatriz—. Ahora no va a dejar de preguntarme.

—Gracias por el dato —le dijo Ignacio a Isabel, mientras posaba su brazo sobre los hombros de Beatriz—. Ahora, cuéntame. ¿Te saludó? ¿Hablaron?

—No se saludaron porque Beatriz se fue antes de que la misa se acabara porque había ido sin maquillaje y con el pelo mojado.

—No te creo, no puede ser. Beatriz... no, no, no —dijo Ignacio que se llevó las manos a la cabeza, mientras reía—. Pamela tiene que saber esto.

Ignacio le hizo una señal a su esposa con la mano para que se acercara. Pamela se acercó con un platico de *sushi* en una mano y unos palitos en la otra. Al llegar junto a su esposo se excusó diciendo:

—Yo sé que nadie está comiendo todavía, pero tengo mucha hambre y el señor se veía aburrido.

—Tranquila, Pamela. Mejor que hayas empezado, así a los demás se les quita la pena también —le dijo Beatriz.

—Pam —empezó Ignacio, mientras se levantaba para cederle la silla a su esposa—, hoy Beatriz vio a Santos en misa y se salió antes de que se terminara para no tener que saludarlo.

A Pamela se le cayó un *roll* en el pantalón y se apoyó del hombro de su esposo para reír. Beatriz intentaba aparentar seriedad, pero la verdad es que ella reía también.

—Pero, mira, ¿y te felicitó? —preguntó Pamela, aún riendo y limpiando lo que le había caído en el pantalón.

—Pero si no se saludaron —le recordó Ignacio.

—Oye, pero quizá por mensaje, por Facebook, por Twitter, una llamadita.

A todas estas suposiciones, Ignacio negó con la cabeza.

—Pamela... no. Eso pasa en el mundo normal, pero no con Santos y Beatriz...

El resto de la velada continuó de manera agradable. Diego había llevado una torta con cuarenta y cinco velitas, las cuales tardó algunos minutos en prender. Luego de la torta, conversaron por otro rato y las personas se fueron yendo poco a poco. A la una de la mañana, la casa de Beatriz estaba vacía. Todos los vasos y las copas estaban junto al lavaplatos. Aunque estaba cansada, prefería lavarlos de una vez y no tener que despertarse al día siguiente con esa tarea pendiente. Como siempre, buscó sus cornetas y puso su *iPod* en aleatorio. Para su sorpresa, la canción que sonó fue «Moon River».

–No puede ser. Bendita canción –dijo Beatriz en voz baja, pero se resignó a que esa canción había llegado a su vida para quedarse y la tarareó suavemente mientras lavaba las copas. Sonrió al recordar la escena que había ocurrido en la mañana en la iglesia. Sabía que Ignacio tenía razón cuando decía que se comportaban como unos adolescentes. O quizá era solo ella la que se comportaba como una adolescente y a él simplemente no le importaba. Esa canción siempre llevaba a Beatriz a viajar por sus recuerdos de la relación con Santos. Recordó el día en el que habían hecho la promesa de reencontrarse si llegaban a terminar con su relación. Habían hecho esa promesa almorzando en el Urrutia, más o menos un año antes de que Beatriz le dijera que quería seguir soltera. Había sido idea de Santos. Así había ocurrido.

XIX.

Recuerdo
de la *promesa*
que habían hecho
Beatriz y Santos de
reencontrarse

—Beatriz, imagina que terminemos.

Beatriz frunció el ceño mientras se llevaba un bocado de paella a la boca. Almorzaban en el Urrutia, pues Santos era amante de la comida española.

—Tranquila —le dijo Santos—, pero imagina que pasara. ¿No quisieras tener una fecha para reencontrarnos?

Beatriz tragó y dijo:

—Pero si terminamos es por algo, ¿no?

—Cierto —dijo Santos tomando su vaso de refresco—, pero, a veces, uno termina por inmadurez, o por una pelea que no se pudo resolver o, ¿qué sé yo? Por cualquier estupidez. Entonces, me pareció una buena idea cuadrar un reencuentro.

—¿Por qué no lo cuadramos en caso de que lleguemos a terminar? —preguntó Beatriz.

Santos la apuntó con el dedo, como siempre hacía, y respondió como si hubiera sabido que Beatriz haría esa pregunta:

—Porque, Bea, si terminamos, es porque probablemente estaremos peleando en ese momento, o discutiendo, por lo menos, y lo último que nos va a provocar es pensar en un sitio y en una fecha para reencontrarnos.

—Sí, obviamente, tienes razón —dijo Beatriz.

—Ajá, ¿quieres hacerlo?

Beatriz asintió sonriendo, le parecía algo muy divertido.

—Perfecto, ¿dónde nos reencontraremos? ¿Y en qué año?

—En el Empire State —dijo Beatriz.

—No, no, no. No te vas a poner como en la película esa que le encanta a mi mamá —dijo Santos cruzando los brazos.

Beatriz abrió los ojos sorprendida:

—¿Conoces esa película: *An affair to remember*? —preguntó Beatriz.

—Dios, sí. Mi mamá la ve todo el tiempo, no entiendo cómo no te ha dicho para verla.

—¡Le voy a decir para que la veamos juntas!

—¡No! —exclamó Santos y fingió sollozar mientras Beatriz recordaba en voz alta momentos de la película:

—Cary Grant sale bello y la protagonista, Deborah Kerr, es bella también. Se conocen en un crucero y cuadran encontrarse a los seis meses en el Empire State, ella no llega porque la atropellaron y él cree que ella lo embarcó y sigue yendo por un mes y luego...

Beatriz fue interrumpida por Santos que, fingiendo fastidio, dijo arrastrando las palabras:

—Y él pinta un cuadro y ella lo compra sin que él sepa y cuando él se entera de que ella es quien lo tiene, cae en cuenta del accidente, porque quien lo vendió le dijo que lo había comprado una inválida... y bla, bla, bla —dijo esto abriendo y cerrando su mano izquierda imitando unos labios.

—¡Santos! Más respeto, esa película es bella —dijo Beatriz, fingiendo fallidamente estar molesta.

—Bueno, el punto es, Bea, que no nos vamos a encontrar en el Empire State. ¿Se te ocurre un sitio mejor?

—¿La torre Eiffel? —preguntó Beatriz encogiéndose de hombros.

—Bea, ¿dónde está tu creatividad?

—¡Santos! Anda, dime qué tienes en mente. A ver si tienes una mejor idea.

—Yo voto por España porque hablan español y puedo pedirle indicaciones a la gente sin ningún problema. Además, estamos planeando este reencuentro en un sitio de comida española.

Beatriz rio por la nariz.

—¿Qué? España es bonito —agregó Santos para justificar su idea.

—No digo que no. Pero es que estoy segura de que ya tienes pensado el sitio, la fecha, la hora y todo.

Santos hizo un puchero para dar a entender a Beatriz que había sido descubierto.

–¡Ja! Era obvio. A ver, dime dónde quieres que sea–dijo Beatriz antes de probar otro bocado de paella.

–Manolo... lo conocí cuando fui a Madrid. Es el mejor restaurante del mundo.

Beatriz levantó las manos en señal de que se rendía y dijo:

–Dale, Manolo, entonces. Fue tu idea, puedes escoger el lugar.

–Mil gracias, Bea. Eres la mejor novia del mundo.

–Hoy estás como romántico tú.

–Sí, no lo digas mucho que se me pasa –dijo Santos–. Ahora: año, día y hora.

Beatriz pensó un rato y preguntó:

–¿Quieres que sea dentro de muchos años? ¿O dentro de diez o cinco?

–No sé, como quieras, ya yo escogí el lugar. Lo dejo todo a tu juicio.

–¿Qué te parece en diez años? –sugirió Beatriz.

–¿En el 2000? Oye me parece muy buena idea, ¿qué fecha?

–A mí me gustan abril y mayo –dijo Beatriz– ¿Qué tal 1 de mayo del 2000? Que sabemos que es feriado aquí por el día del trabajador y no estaremos faltando al trabajo.

Santos rio el ingenio de su novia y aceptó.

–Entonces, Bea, el 1 de mayo del 2000 en Manolo, Madrid. Si, por casualidad, ya han construido otro para ese momento, recuerda que es el original, el primero. Y si lo mueven de sitio, no importa, nos vemos en donde sea que esté.

Beatriz asintió y dijo:

–Falta la hora.

–Ajá, ¿qué prefieres? ¿Almorzar o cenar? Si almorzamos, luego podemos pasar la tarde juntos y terminar cenando. Si cenamos, es como más interesante y hay más tensión.

Beatriz miró a Santos con una sonrisa y le preguntó:

–Santos, ¿cuánto tiempo llevas con esta idea en la cabeza?

–Lo pensé que si ayer, pero le di varias vueltas.

–Bueno... yo voto por almorzar.

–Dale, perfecto. Entonces será el primero de mayo del 2000 a las... ¿te parece a la una? En Manolo, en Madrid. ¿Sí?

Beatriz asintió sonriendo y dijo:

–Si llega a pasar, va a ser bien emocionante, me parece. Aunque significaría que terminamos...

–Bueno, el punto es que, sea como sea, la historia terminaría bien –dijo Santos.

XX.

Recuerdo

de lo que ocurrió el

1 de mayo

del 2000

Beatriz, que había estado lavando las copas de manera automática mientras recordaba el día en que habían fijado esa fecha, dejó caer una lágrima en su mano, pues el 1 de mayo del 2000 ella no había estado en Madrid. Y sabía que Santos no había ido tampoco. Dos semanas antes de esa fecha, Beatriz se había estado debatiendo entre si comprar un pasaje para Madrid o no, pero, siempre le volvía el mismo pensamiento: «se casó, es como si no existiera». Sin embargo, solo por capricho, había ido a almorzar al Urrutia, había llegado a la una en punto, iría con sus papás, que estaban en camino. Se sentó en una mesa cerca de la entrada. Estaba revisando el menú cuando la puerta se abrió, creyendo que eran sus padres, Beatriz alzó la cara. No eran sus papás, era Anita, la esposa de Santos, que sostenía la puerta esperando a que alguien más entrara. Beatriz se tapó la cara con el menú y fingió leer mientras escuchaba a Santos entrar al restaurante y decirle a Anita que se sentaran en la parte de atrás, que le gustaba más. Pasaron caminando. Se quitó el menú de la cara, pero vio a Santos devolverse rápidamente, y salir por la puerta por la que había entrado, quizá se le había quedado algo en el carro. Beatriz iba a taparse de nuevo la cara con el menú, aunque lo considerara una inmadurez, sin embargo, no había contado con que en ese justo segundo se le acercaría un mesonero a preguntarle si quería algo de tomar. El mesonero se paró frente a Beatriz, así que no podía ponerse el menú enfrente para tapar su cara. Ella pidió lo primero que se le ocurrió con tal de que el mesonero se fuera:

—Una Coca-cola, por favor.

El mesonero se disculpó pues solo tenían Chinotto y Frescolita.

—Bueno, un jugo de fresa —dijo Beatriz sin pensar.

—Me disculpa señora pero no tenemos de fresa, aunque sí hay de naranja, piña, parchita, melón, melocotón, patilla...

Mientras el mesonero declamaba la retahíla de jugos, Beatriz vio a Santos entrar de nuevo. Se enfocó en no quitarle la mirada de encima al mesonero y sintió un escalofrío luego de que Santos pasó. Se preguntó si él la habría visto.

—¿Qué va a tomar, señora? —Escuchó Beatriz que le preguntaba el mesonero.

—Jugo de fresa —dijo de nuevo Beatriz. Al ver la cara de tedio del mesonero. Recordó que hacía menos de un minuto le había dicho que no había. Pidió un jugo de melón y el mesonero se fue dejándola sola con sus pensamientos.

Santos vino al Urrutia... Habrá sido por casualidad. Imposible... bien posible... seguro viene todo el tiempo, él ama este lugar. Pero llegó a la una el primero de mayo del 2000... pero es que igual no habíamos quedado en este sitio, habíamos quedado en Madrid, en Manolo... qué inocentes nosotros creyendo que de verdad íbamos a ir. Bueno, yo pensé seriamente en ir. Dios, menos mal que no fui, me habría dejado embarcada. Y si él hubiera ido, hubiera sido un error de su parte. Pero vino para acá... ¿De verdad tuvimos la misma idea? O será que él viene todo el tiempo. Bueno, lo primero que les enseñan a los espías es que nada es casualidad... Y no nos saludamos, y por supuesto que me vio. Es que ya eso no es orgullo es... ¡bobadas de los dos! Pero no es que me voy a levantar a saludar... que venga él a saludar... y por su supuesto que no vendrá.

Y no se saludaron.

Volviendo a su presente, Beatriz, que ya había terminado de lavar las copas, se cambió a un pijama, se lavó la cara y los dientes y se acostó a dormir, aún con la duda, casi catorce años después, de si Santos había ido al Urrutia porque era una costumbre, o porque recordaba la promesa de que se verían en Madrid.

XXI.

Viaje a *Madrid.* *Encuentro* con Santos

En el baño del aeropuerto, Beatriz se miró en el espejo y suspiró. Intentó sonreír y se reflejó una triste sonrisa con ojos luminosos. Sabía que tenía que estar feliz, pues toda su vida había estado encaminada a desembocar en ese momento, y el simple hecho de que estaba obligada a sentirse feliz, era lo que volvía aquel momento triste. Respiró hondo mientras apoyaba fuertemente sus manos contra la consola del lavamanos y sin apartar su vista del espejo, buscando que su cara adoptara una expresión normal. Se enderezó ya que podría entrar alguien en cualquier momento y no quería que la vieran en ese estado de vulnerabilidad. Se arregló un poco el pelo con las manos, se acomodó la blusa dentro de su pantalón, tomó la chaqueta que descansaba sobre su pequeña maleta de mano y salió del baño. Caminaba rápidamente con su maleta de mano, siempre mirando al frente...

Al verlo, se detuvo involuntariamente y tuvo que reaccionar rápido para que su chaqueta no se le cayera al piso. Ahí estaba Santos en un kiosco del aeropuerto, comprando la revista *Zeta* y algunas chucherías, bromeando con el vendedor. Beatriz continuó caminando lentamente, mientras intentaba decidir cuál sería su modo de actuar. Decidió que pasaría como si no lo hubiera visto. Antes de que ella alcanzara el kiosco, Santos acabó de pagar y se alejó rumbo a la que fuera su puerta de embarque. No había visto a Beatriz. Ella decidió detenerse también en el kiosco y comprar algunas cosas para dar tiempo a que Santos se alejase. Lo siguió con la mirada.

—¿Señora?

Beatriz volteo rápidamente a ver al joven que atendía el kiosco.

—Disculpe. Eh... ¿Tiene...? No sé, un chicle.

El joven la miró con extrañeza.

—Sí, ¿qué marca desea?

–Este –dijo Beatriz mientras tomaba del estante el primer chicle que había visto, el cual luego se arrepentiría de comprar pues no le gustaban los chicles de canela.

Luego de pagar y antes de avanzar, Beatriz sacó el estuche de maquillaje de su cartera y se dio una rápida mirada en el espejo de su compacto. Lo hizo con la excusa de que a ninguna mujer le gusta que un exnovio la vea desarreglada.

La puerta de embarque de Beatriz era la número veinticuatro. Santos estaba allí, esperando su avión también sentado en la puerta veinticuatro, con sus audífonos y su *laptop*, ahora usando lentes para leer. Beatriz no quería ir a sentarse, así que entró en una tienda a la izquierda del pasillo. Era una tienda de *souvenirs* venezolanos, no tenía nada que comprar allí, sin embargo, se detuvo a ver cada figurita, cada chocolate y cada instrumento musical esperando a que anunciaran que era el momento de embarcar. Beatriz incluso preguntó por el precio de un cuatro y, mientras la señora que atendía tomaba el instrumento para buscar la calcomanía con el precio, Beatriz miró de reojo hacia el ventanal y vio a Santos aún sentado cerrando su computadora y guardándola en el maletín. Como no podía permanecer todo el tiempo en la tienda pues se vería sospechoso, ella decidió que saldría rápidamente y se sentaría en una de las sillas de adelante, dándole la espalda a Santos. Pasó sin voltear, enfocada en encontrar un puesto. El embarque comenzaba en media hora; Beatriz se sentó y sacó los chicles de su cartera.

Pasados unos minutos, ya más calmada, se preguntó a sí misma por qué había actuado así. Podría haber pasado tranquilamente y si se cruzaban simplemente lo hubiera saludado y se hubiera ahorrado tanta tontería. Pero ya no podía hacer nada; por supuesto que podía levantarse e ir a sentarse junto a Santos, pero ¿para qué? Además, ¿no se vería raro? ¿Quería ir?... Sus pensamientos fueron interrumpidos por una señora mayor que se le acercó a felicitarla por su premio. Beatriz accedió a tomarse una foto con ella y, cuando volvió a quedarse sola, su mente regresó a Santos, que estaba sentado a escasos metros de ella y que, al parecer, volaría en su mismo avión.

Cuando por fin anunciaron que comenzaría el embarque, los pasajeros de primera clase fueron llamados. Beatriz nunca viajaba en primera, pero el Ministerio de Cultura de España se encargó de pagar su viaje, y le reservaron un puesto en la primera clase del avión. Beatriz fue la primera en llegar a la fila y, mientras revisaban su pasaporte, intentó ver hacia el lado de Santos. Lo vio levantándose mientras se quitaba los audífonos, lo que podía significar dos cosas, o Santos iba al baño o a algunas de las tiendas, o también iba en primera clase. Cuando le devolvieron su pasaporte y el *boarding pass*, Beatriz entró rápidamente al túnel que comunicaba la puerta de embarque con el avión, sin ni siquiera detenerse a guardar el pasaporte en el sobre con sus documentos de viaje, lo haría cuando estuviera ya sentada. Al llegar al avión, el hombre que revisó su *boarding pass* sonrió al leer su nombre, le dedicó unas sinceras felicitaciones y la acompañó hasta su puesto. La verdad es que no tuvieron que caminar mucho, pues Beatriz estaba en la tercera fila a la izquierda, junto a la ventana, lo que significaba que vería a todas las personas que ingresarían en el avión. Consciente de este hecho, guardó todo rápidamente en su cartera y sacó un libro, lo abrió en la página en que lo había dejado y comenzó a leer... Leyó únicamente una línea pues los demás pasajeros comenzaron a entrar y no pudo volver a recuperar la concentración. Con una mano en la frente haciéndole de sombrilla, Beatriz, con la cara aún hacia el libro, pero con la mirada hacia el pasillo, vio a otro pasajero de primera que se sentó en la fila detrás de ella. Luego vio a una pareja que se sentó en la fila de adelante, pero del lado derecho. Un señor mayor se sentó en la primera fila y, después de este, entró Santos hablando por celular. Beatriz reconoció su voz, aunque aún no había pasado. Lo escuchó decir:

—Oye, tengo que trancar, te llamo en un rato.

Beatriz volteó hacia la ventana a ver los demás aviones esperando a que Santos pasara para poder recuperar la compostura, lo cual no ocurrió pues Santos se sentó en su misma fila, del otro lado del pasillo, en la ventana opuesta. Beatriz cerró los ojos, con la cara aún dando a la ventana, sabía que eso significaba que, eventualmente, lo tendría que saludar. Tenía un nudo en el estómago. Sabía que no podría concentrarse en el libro ni en nada hasta que no se saludaran y, la verdad, quería saludarlo.

La gente continuaba pasando; Beatriz, recostada en el respaldar de su asiento, intentaba entretenerse viendo a las personas y, de vez en cuando, miraba de reojo a Santos, quien estaba muy ocupado con su celular. Algunos pasajeros reconocieron a Beatriz y la felicitaron. Beatriz, en su inocencia, creía que Santos aún no la había visto.

Aunque no puede ser, tengo una hora viéndolo: en el kiosco, en la puerta de embarque, aquí en el avión. Ya me tiene que haber visto. O, ¿de verdad está tan metido en su mundo?

Genuinamente, Beatriz no sabía si Santos la había visto o no. Por fin, embarcó el último pasajero. Beatriz volvió su cara a la ventana, respiró hondo, y se dispuso a saludar a Santos. Al voltear para dedicarle un amigable «¡hola, Santos!», lo vio recostado en su asiento, con los ojos cerrados y su *iPod*. Beatriz suspiró y volvió de nuevo su cara a la ventana. Luego de que mostraran el video de seguridad, el cual Beatriz siempre veía porque estaba segura de que si bajaban las mascarillas de aire no iba a tener ni idea de qué hacer, el avión comenzó a moverse. Beatriz miró a Santos de nuevo de reojo y lo vio observando por la ventana, ya sin el *iPod* pues una aeromoza le había pedido que lo apagara para el despegue. Tenía la barbilla apoyada en su mano izquierda. El avión tomó velocidad y despegó. Beatriz decidió que esperaría a que el avión se estabilizara para saludar a Santos de una vez por todas, no iba a pasar nueve horas mirándolo de reojo y esperando a que él diera el primer paso, lo cual era casi imposible.

Por fin, el capitán dio la indicación de que ya se podían utilizar de nuevo los equipos electrónicos. Beatriz vio a Santos buscar su *iPod*, el cual había guardado en el bolsillo del asiento delantero. *O era en ese momento, o no era nunca, pues si Santos se ponía el iPod, probablemente se quedaría dormido y ella perdería su oportunidad*, pensaba ella. Así, lanzándose el vacío, sin tener idea de qué respuesta recibiría, Beatriz volvió su cara y, fingiendo sorpresa en su voz, saludó:

—¡Santos! Qué de años, ¿cómo estás?

Santos, con el audífono en la mano, sonrió y, volviendo su cara a Beatriz, saludó:

—Hola, Beatriz.

—¿Cómo estás? —preguntó de nuevo Beatriz.

—Bueno, bien —respondió Santos.

Al ver que Santos no tenía intenciones de decir nada más, Beatriz dijo:

—Santos, siento mucho lo de tu esposa. En serio. Sé que ya fue hace tiempo, pero aún así, no te lo había dicho antes y quería decírtelo. Lo siento mucho.

Santos hizo un gesto con la mano como diciendo «tranquila». Beatriz se mordió el labio inferior, esperando a que Santos dijera algo más. Al ver que no era así, volvió a su posición original, recostada en su asiento, arrepentida de haberlo saludado:

¿Quién me manda? Ni me quiere hablar. Bueno, el que queda mal es él. Quién me manda, Dios.

Estaba en estos pensamientos cuando escuchó que Santos le preguntaba:

—Entonces, Beatriz, ¿valió la pena?

Beatriz volteó de nuevo a mirar a Santos.

—¿Cómo?

—Te pregunté que si valió la pena.

—¿Qué cosa? —preguntó Beatriz que, aunque no sabía de qué iba la pregunta, ya veía que no le iba a gustar.

Santos guardó su *iPod* en el maletín con tranquilidad y, de nuevo recostado en el asiento, volvió su cara a Beatriz y dijo:

—¿Valió la pena tu decisión? —Al ver la cara de duda pero con trazos de molestia de Beatriz, Santos continuó:

—Tu decisión de no casarte y de renunciar a tener una familia por dedicarte a escribir y a tener éxito profesional, ¿valió la pena?

Beatriz no respondió. Santos soltó una corta risa nasal y agregó:

—Te juro que te lo pregunto por curiosidad, Bea.

Beatriz, con los labios apretados, tomó aire y respondió secamente:

–Por supuesto. –Y se recostó en su asiento mirando al frente. Santos rio y dijo:

–Tú no cambias. Eres la misma orgullosa de siempre.

Beatriz volvió una vez más su cara a Santos, esta vez con la boca abierta y dijo:

–¿Que yo soy orgullosa? Tú ni me contestas el teléfono.

Santos puso cara de duda. Iba a hablar pero una aeromoza pasó. Luego preguntó:

–¿De qué hablas?

Beatriz abrió la boca para responder, pero pasó otra aeromoza que la interrumpió por un par de segundos.

–De que cuando intenté llamarte no me quisiste contestar, y te llamé tres veces, y estoy segura de que sabías que era yo. –Beatriz estaba inclinada sobre el asiento de al lado mientras hablaba, al igual que Santos para poder escucharla. Intentaban hablar con un tono lo suficientemente alto como para poder escucharse entre ellos pero, al mismo tiempo, bajo para que nadie más los pudiera escuchar.

–¿Y por qué querías llamarme, Bea?

Beatriz suspiró y se atrevió a preguntar:

–¿Puedo sentarme a tu lado? Porque si vamos a seguir así...

–Dale... claro. Siéntate –respondió Santos tranquilamente.

–Si no quieres, no. Tranquilo –dijo Beatriz.

–Siéntate aquí y ya, Beatriz, por Dios.

Beatriz miró a Santos sin moverse y él agregó:

–¿Quieres que te ruegue? Vente. Tenemos tiempo sin conversar.

Beatriz se desabrochó el cinturón de seguridad, tomó su cartera y se sentó junto a Santos.

–Ajá, Bea, ¿cómo es eso de que no te contesté el teléfono?

Beatriz suspiró y respondió suavemente:

–Cuando te llamé para darte el pésame...

Santos apretó los labios y en su cara se reflejó dolor.

–Disculpa, Santos...

—Tranquila —dijo él.

Beatriz, que ya se estaba arrepintiendo de haberse cambiado de puesto, pues nunca sabía qué decir en esas situaciones, sintió un genuino alivio cuando Santos cambió el giro de la conversación preguntándole:

—Y, bueno, entonces, Bea, ¿qué es de tu vida? ¿Cómo te terminó de ir?

Beatriz no pudo evitar sonreír:

—¿Cómo que cómo me terminó de ir? Ni que se hubiera acabado.

Santos volteó los ojos:

—Dios, Bea, ¿cómo te ha ido?

—Bien —respondió Beatriz mirándolo y sonriendo.

—¿Sí? ¿Te convertiste en...? Ya va, ¿cómo es que dijiste? A ver si me acuerdo.

Santos se llevó dos dedos a la frente y cerró los ojos mientras intentaba recordar la frase que buscaba para decirla perfectamente:

—Ajá, ¿... en la «escritora-famosa-soltera» que querías?

Beatriz rio mientras negaba con la cabeza y miraba hacia otro lado. Luego, mirando a Santos, dijo, algo apenada:

—Sí, discúlpame la vanidad, pero sí, se podría decir que soy famosa.

—¿En serio? —preguntó Santos—. Vamos a ver eso. —Santos se inclinó a buscar su *laptop*.

Santos encendió la computadora y pagó para conseguir señal de *wi-fi*.

—¿Me vas a buscar en Google? —preguntó Beatriz

Santos asintió pausadamente, sonriendo con los labios cerrados.

—Así es. Quiero ver eso.

Beatriz vio a Santos abrir una ventana de internet y escribir en la barra de Google «Beatriz Blanco».

—¡Oye! ¡Sales hasta en Wikipedia, Beatriz! ¡Felicitaciones! —exclamó Santos con un tono algo burlesco.

Beatriz se tapaba la cara con las manos, riendo.

—Déjame ver qué dice Wikipedia de ti...

Santos leyó un rato e interrumpió un momento su lectura para decir:

—Seguro que esta entrada la hiciste tú.

—¡No! ¡Te lo juro! —saltó Beatriz.

—Entonces fue que si tu hermana o tu mánager, qué sé yo.

—Te lo juro que no, Santos. Nadie sabe quién me la hizo... pero no tiene errores, todo lo que dice es verdad —dijo Beatriz con satisfacción.

—Oh... disculpe usted —dijo Santos mientras continuaba leyendo.

Beatriz se llevó una mano a la boca intentando ahogar la risa y lo observaba mientras él leía.

—¿De qué te ríes? —le preguntó Santos con la vista clavada en la pantalla. Beatriz no respondió, estaba esperando su reacción cuando se diera cuenta de que él estaba nombrado en la biografía de Beatriz en la sección de «primeros años».

—¿Qué es esto? ¡Pero si aquí salgo hasta yo! No, no, no, esto está buenísimo. Qué risa...

Beatriz reía mientras Santos leía en voz alta la oración en la cual era nombrado:

—«A los veinte años conoció a Santos Escalante con quien mantuvo una relación de dos años, la última que hasta ahora se le ha conocido»... ¿Y cómo es que yo no sabía esta vaina? —dijo Santos, que volteó a mirar a Beatriz.

—En serio, yo no tuve nada, absolutamente nada que ver con eso —dijo Beatriz entre risas.

—Vamos a creerte, pues —dijo Santos, mientras buscaba otra página de internet. Se metió en otra página de noticias recientes. Leyó un rato y dijo:

—¡¿Qué es esto?! ¿Te ganaste el Cervantes? ¡Felicitaciones! ¡Ese es tremendo premio! ¡Debes escribir buenísimo!

Beatriz se sorprendió y preguntó sin tapujos:

—¿Tú no has leído ninguno de mis libros? —interrogó, súbitamente seria.

Santos, que estaba viendo la pantalla, volteó a mirarla y negó con la cabeza. Ante la cara de Beatriz, Santos agregó:

—Lo siento, Bea. ¿Qué querías?: «No, ella me terminó pero aún así yo leo todos sus libros». No, no, qué es eso... hay que tener dignidad.

Beatriz soltó una corta risa nasal, negó con la cabeza con resignación y le preguntó a Santos:

—¿Y tu vida? ¿Cómo ha sido?

En ese momento la aeromoza se acercó ofreciendo las bebidas. Antes de que Santos pudiera decir algo, Beatriz se adelantó y pidió dos *whiskys*. La aeromoza asintió con una sonrisa y Santos la miró extrañado. Beatriz se encogió de hombros. Santos dijo:

—Está bien. Te acompaño.

Cuando ya cada uno tenía su vaso, Santos preguntó:

—¿Por qué brindamos?

—No sé —respondió Beatriz.

—Brindemos por las buenas decisiones —dijo Santos—. Salud.

Beatriz alzó también su vaso, cada uno bebió.

—Entonces, Santos —dijo Beatriz retomando la conversación—. ¿Tú, cómo estás?

Santos le dio otro sorbo a su *whisky*, lo depositó en la mesita y dijo:

—Oye, qué quieres que te diga, soy viudo. Ha sido muy duro. Pero los años que estuve con Ana valieron la pena el dolor de ahorita... De resto, bueno, no tuvimos hijos. El trabajo está bien, tengo una empresa de publicidad. En verdad, bien. Ahorita estoy yendo a Londres, a una reunión con unos posibles clientes y otras cosas de trabajo, voy a estar en Londres una semana.

—Ah, o sea que no vas a estar en Madrid —dijo Beatriz, intentando ocultar la desilusión en su cara y su voz.

—No, solo voy a hacer escala —respondió Santos tranquilamente.

Luego, regreso a España y voy a Galicia, tengo mucha familia allá, no sé si te acuerdas.

—Sí, sí. Raquel, Manuel... —dijo Beatriz.

—Exactamente... El caso es que voy para allá. Estaré una semana en Londres y una en Galicia.

—Qué delicioso —dijo Beatriz—. A mí Galicia me encanta. Lo conocí cuando hice el Camino de Santiago.

—Ah, ¿lo hiciste? ¿Qué tal? Me han dicho que es buenísimo, que sientes yo no sé qué cosa. Yo no sé, pero la gente que conozco, que lo ha hecho, llega «ennotada».

Ante este comentario, Beatriz rio.

—¿Me vas a decir que no? —dijo Santos—. ¿Tú no llegaste «ennotada»?

—¿A qué te refieres con «ennotada»? —preguntó Beatriz.

—No sé, una cosa, que todos llegan y quieren regalar su ropa, y ayudar y no sé qué. No te pueden ver cargando algo porque ya te quieren echar una mano.

Mientras escuchaba esto, Beatriz reía.

—Bea, es así, cuando Manolo, uno de mi oficina que hizo el Camino de Santiago, regresó, pasó como dos semanas buscándonos el almuerzo a todos, ¡y pagando él!

Pasaron unos segundos en silencio y Santos se atrevió a decir lo que los dos estaban pensando:

—Sí... tengo un amigo que se llama como el restaurante en el que nunca nos encontramos el 1 de mayo del 2000.

Beatriz asintió. Tomó un sorbo de *whisky*. Con el vaso aún en los labios, Beatriz tuvo que hacer un esfuezo inmenso para no escupir cuando Santos agregó:

—Pero los dos, por casualidades de la vida, nos encontramos en el Urrutia y, como siempre, no nos saludamos.

Beatriz puso el vaso en la mesita plegable y, conteniendo la respiración, se atrevió a preguntar:

—Santos... ¿tú fuiste al Urrutia ese día por la promesa que habíamos hecho o porque vas siempre?

Santos sonrió con suficiencia, mientras sostenía el vaso de *whisky*, y respondió luego de darle otro sorbo:

—Bueno, tú te acabas de delatar con esa pregunta. Fuiste por la promesa que habíamos hecho porque, además, estoy seguro de que no vas nunca para allá.

—Santos, eres insoportable —fue todo lo que dijo Beatriz.

—¿Te duele escuchar la verdad?

—Piensa lo que quieras —dijo Beatriz mientras Santos la miraba sonriendo. Cambiando de tema, Beatriz agregó:

—Qué chévere que vas a visitar a tu familia, de verdad.

Santos, sin pensar, dijo:

—Dios, sí, estoy harto del silencio de mi casa.

Al escuchar esto, Beatriz tomó otro sorbo de *whisky*. Santos continuó:

—Sí, tengo que tener el *iPod* todo el tiempo y la televisión porque, si no, es insoportable.

—A mí no me lo digas que de eso sé bastante —dijo Beatriz.

—Bueno, pero es que tú elegiste esa vida, Bea. Además, seguro que cuando te sientes sola, lo que haces es ponerte a leer las obras de Freud.

Beatriz soltó una espontánea carcajada.

—¡¿Todavía sigues con eso?! —preguntó Beatriz en medio de su risa.

—¿Las tienes, sí o no? —continuó Santos, que también reía.

Con el vaso en la mano, y riendo, Beatriz asintió.

—Entonces seguro que con eso ya no te hace falta más nada, ¿no?

—Santos... por Dios, la soledad es fuerte para cualquiera —dijo Beatriz un poco más seria.

—Sí, pero tú la elegiste y ya debes saber manejarla —agregó Santos.

—No, Santos, la soledad y el silencio son fuertes para cualquiera. Te obligan a pensar más de lo que quisieras. Reflexionas mucho.

—Y, eso, ¿tiene algo de malo?

—Por supuesto, el mucho pensar te hace dudar.

—Dudar... —dijo Santos— ¿de qué? ¿De tu vida en general? ¿De tus decisiones?

—Sí, se podría decir que sí.

—¿Y te lleva a pensar que quizá cometiste errores en el camino? —preguntó Santos.

—Todos cometemos errores, Santos.

—Sí, pero hablo de errores importantes —dijo Santos dejando el vaso en la mesita desplegable.

—Sí, claro. Piensas más de la cuenta.

—Entonces, Beatriz, a veces sí has llegado a pensar que quizá cometiste un error. Pero, eres tan orgullosa... Espera que termine —dijo cuando vio que Beatriz iba a protestar—. Ajá, eres tan orgullosa, que tienes cuarenta y cinco años y vives guiada por una decisión que tomaste a los veintidós porque no quieres admitir que, ni en ese momento, cometiste un error. —Santos volvió a tomar su vaso—. Salud por eso, yo hubiera hecho lo mismo. —Y bebió otro sorbo.

Beatriz, seria, bebió también.

Con el vaso en la mano, Santos preguntó de la nada:

—¿Tú fuiste a mi boda, verdad?

Si había un tema el cual Beatriz no quería abordar era el de la boda de Santos, pero ya no había nada que hacer. Bebió otro sorbo y asintió mientras respondía con un rotundo:

—Sí.

—Tienes razón, me acuerdo. Recuerdo que te vi en la iglesia. No me acuerdo de ti en la fiesta.

—Eso es porque no fui —dijo Beatriz.

—¿Por qué, Bea? Si fuiste a la ceremonia, que es la parte aburrida, ¿por qué no fuiste a la fiesta?

Beatriz sabía que Santos estaba haciendo esas preguntas esperando una respuesta específica, y ella se la dio:

—Pues, porque no quería. Ver a tu exnovio casarse, cuando sabes que tú no te vas a casar, no es la experiencia más agradable, vamos a decir.

—¡Oye, Bea!

—Pero no vayas a creer que... —Beatriz fue interrumpida por Santos, que exclamó:

–¡Tiene corazón señores! –dijo mientras la señalaba con el pulgar–. ¡Y parece que late!

–¡Pues claro que tengo corazón!

–¿Ah sí? –preguntó Santos–. Pues varias veces me pusiste a dudar.

–¿Sí? ¿Como cuándo? –indagó Beatriz a la defensiva.

–¿Qué tal cuando me terminaste para dedicarte a tu trabajo? Creo que con eso basta. ¿Te acuerdas de cuando me terminaste?

–Sí... –dijo Beatriz tomando otro sorbo.

–Yo también... Me terminaste después de que eras tú la que me perseguía por la universidad cuando no nos conocíamos.

–¡Okey! Yo no te perseguía.

–¿Quién fue la que me mandó la carta prácticamente implorando por tomarse un café conmigo?

–No fue implorando, y no sabía que eras tú.

–Ese día que te conocí fue chévere, ¿verdad? –añadió Santos y bebió otro sorbo. Luego, meneó el vaso y dijo que cuando volviera a pasar la aeromoza pediría otro.

–Sí, muy chévere –concedió Beatriz.

–Sin tanta emoción, por favor.

Beatriz rio el comentario y agregó:

–Me acuerdo perfectamente y, sí, lo que soy yo, la pasé muy bien...

Cuando Beatriz se dio cuenta de que el carrito de la comida estaba por pasar, se preguntó si debía permanecer en ese puesto, o pasarse al asiento que tenía asignado. La estaba pasando increíblemente bien, pero no sabía si quizá Santos quería dormir; si de ella dependiera, se quedaría allí el resto del vuelo, pero no sabía si él sentía lo mismo, así que, aprovechando la excusa del carrito de la comida, dijo:

–Ya viene la comida, me voy otra vez... –dijo mientras se desabrochaba el cinturón, pero fue interrumpida por Santos.

–¿Qué haces? –preguntó Santos poniendo su mano en el antebrazo de Beatriz para detener su ida.

–Ah, no sé –respondió Beatriz soltando lentamente el cinturón de seguridad.

—Ya quédate aquí. Si ya te atreviste a sentarte, ¿te vas a ir?

Beatriz volteó los ojos... pero no se devolvió a su puesto.

Al llegar el carrito de la comida, Beatriz pidió pasta y, al percatarse de que se veía más o menos buena, Santos la pidió también. Comieron en silencio. El resto del vuelo lo pasaron conversando, Santos tuvo que revisar y contestar algunos *e-mails* y Beatriz le hizo unos últimos ajustes a su discurso, cuidando que Santos no lo leyera.

—Si lo quieres escuchar, la entrega del premio la van a pasar en vivo por televisión —le dijo Beatriz mientras escribía con un audífono puesto.

—Dale, pues. No te prometo nada, pero si estoy en el hotel en ese momento, quizá lo vea... ¿Y qué escuchas por cierto?

Santos tomó un audífono y Beatriz trató de cambiar la canción, pero no le dio tiempo. Intentó hacer como si no pasara nada, cuando vio a Santos sonreír al momento que supo de qué canción se trataba.

—¿Escuchas «Moon River» seguido? —le preguntó Santos a Beatriz mientras le devolvía el audífono.

—Bueno, desde que la conocí ha sido de mis canciones favoritas —respondió Beatriz.

—No me respondiste —dijo Santos.

Beatriz suspiró:

—Sí... la escucho bastante... ¿por qué?

—Esa era nuestra canción y, qué quieres que te diga, también la tengo en mi *iPod* y, no es por nada, pero siempre que se pone me acuerdo de ti, así sea por un segundo.

Beatriz levantó una ceja.

—No te estoy molestando, es en serio. Oye, estuvimos dos años juntos, la escuchábamos bastante. Por supuesto que se pone y me acuerdo de ti. ¿Tú no?

Santos hizo la pregunta mirando a Beatriz a los ojos, y no dejó de sostenerle la mirada hasta que ella no respondió:

—Sí —respondió Beatriz con un suspiro—, yo también me acuerdo de ti cuando la escucho.

Santos le sonrió y le sostuvo la mirada unos segundos. Luego, cada uno volvió a sus asuntos.

Cuando faltaba una hora para aterrizar, Beatriz buscó su cartera de cosméticos. Santos la miró por el rabillo del ojo mientras ella se levantaba. Al entrar al baño, Beatriz depositó el estuche sobre el lavamanos y posó ambas manos en su cintura mientras respiraba profundamente, mirando al piso, intentando acomodar sus pensamientos. Alzó la mirada y se vio en el espejo, no pudo evitar una sonrisa e inmediatamente se llevó las manos a la cara, la cual sintió caliente. Rio por lo bajo, viendo su sonrisa en el espejo, sin poder creer lo que estaba pasando. Respiró hondo de nuevo para recuperar la compostura y, con movimientos torpes, abrió su estuche de donde sacó un cepillo de dientes y una pequeña pasta dental. Se lavó los dientes, se retocó el maquillaje. Incluso se aplicó un pequeño perfume y salió del baño. Santos no estaba. Una vez más, Beatriz no sabía si sentarse de nuevo con Santos o regresar a su puesto.

Se sentó en el puesto que había ocupado junto a Santos. Al poco rato, Santos salió también del baño. Beatriz se iba a levantar para dejarlo pasar, pero él le dijo que se quedara sentada, que él podía pasar así, para no molestarla. Tras un incómodo segundo, Santos estuvo de nuevo en su asiento. Beatriz estaba dispuesta a sacar otra vez su computadora, pero un comentario de Santos la detuvo:

—Te escuché en la radio.

Beatriz se mordió el labio y suspiró apenada. Santos, con los brazos cruzados y con aire de excesiva tranquilidad continuó:

—Sí, en el programa de Miguel... Hablaste de mí.

—Sí, me preguntaron por mi vida amorosa, ¿qué iba a decir?

—No, te preguntaron por qué decidiste permanecer soltera —corrigió Santos—. Y tú respondiste que porque en ese momento sentiste que tu misión en esta vida era escribir y esos términos en los que hablas tú, tu «vocación» y tal.

—Bueno, ajá, y dije la verdad —añadió Beatriz a la defensiva, aunque sentía su cara arder.

–No digo que no. Hasta dijiste que me amabas.

–Cuando éramos novios.

–Exacto, exacto, ni se me ocurría pensar que me amabas ahorita. Por Dios.

–Ajá, ¿y entonces? ¿A qué quieres llegar? –preguntó Beatriz.

–Nada –respondió Santos tranquilamente–, fue bastante... extraño, vamos a decir, escuchar eso por radio, luego de tener más de veinte años sin verte.

–Me imagino–concedió Beatriz–, pero es que fuiste mi último novio, no me iba a poner a inventar.

–Beatriz... –dijo Santos, y permaneció callado, dudando si continuar.

Beatriz, adivinando lo que Santos estaba pensando, dijo:

–Sí, Santos, es en serio que fuiste mi último novio...

Santos supo que no mentía. Sonrió para sí y decidió no decir nada más con respecto al tema.

El avión aterrizó. Beatriz se inclinó hacia adelante para poder ver por la ventana. Respiró hondo intentando contener la emoción.

–Una vez más, felicitaciones por tu premio. Como dije, debes escribir muy, muy bien para habértelo merecido.

–Gracias, Santos –dijo Beatriz mirándolo a los ojos, con una leve sonrisa.

Cuando el avión se detuvo, Beatriz se levantó y sacó su maleta de mano del compartimiento del pasillo. Ambos estuvieron de pie sin hablar esperando a que dieran la señal de que era momento de poder abandonar el avión. Cuando la aeromoza indicó que podían avanzar, Beatriz, que ya tenía su cartera en mano, volteó a ver a Santos para dedicarle una sonrisa. Cuando dio un paso, Santos la llamó:

–Beatriz –mientras la tomaba muy ligeramente por el brazo. Beatriz volteó a verlo y sin decir nada, esperó a que él hablara.

–Perdón por no haberte contestado el teléfono cuando intentaste llamarme... fue... perdón.

Beatriz le sonrió de nuevo.

–Tranquilo –le dijo. Iba a agregar que le había gustado verlo otra vez, pero la gente quería avanzar. Santos les dio paso a otras personas que habían estado esperando impacientemente detrás de Beatriz y salió del avión. Esperaba verla en la cola de inmigración, pero Beatriz no tuvo que hacerla, pues era una invitada de honor en ese país. Santos la vio salir rápidamente y apretó el puño con frustración cuando se dio cuenta de que ni siquiera sabía en qué hotel se quedaba...

Ya en su habitación, Beatriz, mientras sacaba la ropa de la maleta para guardarla en el clóset, repasaba palabra por palabra su conversación con Santos. Se golpeó la frente con la palma de la mano al darse cuenta de que no había intercambiado con él ni números, ni ningún tipo de información sobre su estadía.

La única información que hay, es que él sabe que recibiré el Cervantes en tres días... A ver si hace algo con eso... Beatriz, no te ilusiones.

XXII.

Premio Cervantes

*Los días anteriores al premio, Beatriz estu-*vo invitada a varias cenas y almuerzos, los cuales disfrutó bastante, caminó por Madrid y, la verdad, más veces de las que hubiera querido se preguntaba qué estaría haciendo Santos en ese preciso momento y, más de una vez, se sorprendió a sí misma riendo al recordar su conversación en el avión.

23 de abril...

Sentada al borde de la cama, con la vista clavada en el vestido que en unos minutos se pondría, Beatriz sintió lágrimas deslizarse por sus mejillas. Respiró hondo. Intentó enfocarse en el premio que recibiría en unas horas. Pasaron por su mente imágenes de ella escribiendo en su soledad, en su cama, en su sofá, en la oscuridad de la madrugada, en hoteles, en uno que otro café donde nadie la conociera. Sonrió al recordar esa inmensidad de horas de trabajo, trabajo que, no podía negar, amaba. Beatriz se pasó una mano por la mejilla para secarse las lágrimas, ese día no podía estar triste. Permaneció sentada un rato más, sonrió de nuevo al recordar su conversación con Santos en el avión, y se dio cuenta de que no podía apartarla de su mente. Cuando recordó ese específico momento en que Santos le dijo que había guiado su vida basada en una decisión tomada a los veintidós años y que ni en ese momento admitiría haber cometido un error, Beatriz cerró los ojos y los apretó fuertemente, así como sus labios, para evitar no estallar en llanto. Volvió a respirar profundamente.

Decidió levantarse y fue al baño a acabar de maquillarse, pues no confiaba en los maquilladores profesionales. Se había secado el pelo hacía unas horas en la peluquería, lo tenía amarrado en un moño sencillo, pero elegante. Cuando acabó de maquillarse, regresó a su cuarto para ponerse el vestido. Lo sostuvo con una mano y estiró el brazo para verlo una vez más. No pudo evitar recordar la escena en la tienda cuando tuvo que rechazar el hermoso vestido verde botella que tanto le había gustado porque no alcanzaba a abrochar el cierre completamente. Rio para no llorar de nuevo. Se dijo a sí misma que ya era hora de dejarse de tanto sentimentalismo, así que se quitó la bata y se puso su vestido, que era hermoso también. Se trataba de un vestido de seda color noche, de mangas cortas que le cubrían el hombro, escote ilusión, ceñido al torso para luego abrirse en A al nivel de la cintura. Ya completamente vestida, Beatriz se miró al espejo y sonrió con melancolía... Veinte años de trabajo y allí estaba. Aprovechando que la limosina la vendría a buscar en unos veinte minutos, Beatriz llamó a casa de sus padres. Contestó Sofía...

—¿Aló?

—¿Sofía?

—¿Bea? —Escuchó decir a su hermana.

—Sí, soy yo...

—¡Bea! ¡Estábamos esperando tu llamada! ¡Todos estamos aquí pendientes y pegados al televisor! ¿Cómo estás?

—Muy bien —respondió Beatriz —. Pronto me viene a buscar la limosina.

—Ay, qué espectáculo, Bea. Qué orgullo... Felicitaciones... Estoy muy orgullosa y no dejo de jactarme delante de todo el mundo de que soy tu hermana. En serio, Bea, eres la mejor hermana del mundo y una escritora espectacular.

Sofía le preguntó si estaba nerviosa, en qué consistía la ceremonia y, por supuesto, por su vestido, que nadie había visto. Beatriz respondió cada una de las preguntas, feliz de poder hablar con su hermana. Pensó en contarle que había visto a Santos en el avión, pero no sabía si valía la pena en ese momento, además, sonó el teléfono de la habitación, la llamaban desde la recepción para avisarle que su transporte había llegado. Beatriz le avisó a su hermana que ya debía bajar, le recordó el canal que debían sintonizar, tomó su pequeña cartera plateada y salió de la habitación.

La espera por el ascensor le pareció eterna, aunque solo hubieran sido unos segundos; en el ascensor se miró en el espejo para comprobar que su aspecto estaba bien y, al verse a los ojos, sintió una vez más que estos se le llenaban de lágrimas, lágrimas de alegría que, por primera vez, se debían al premio que recibiría. Al salir del ascensor, Beatriz cruzó su mirada con un empleado del hotel que la miraba sonriendo y que fue quien dio el primer aplauso. La estancia se fue llenando de aplausos poco a poco. Beatriz, sin poder moverse debido a la emoción, permaneció unos segundos de pie, sonriendo y viendo cómo todas las personas que se encontraban en el *lobby* fueron formando un círculo a su alrededor. Cuando por fin pudo reaccionar, inclinó la cabeza con una sonrisa y dijo «gracias» un par de veces mirando a distintos grupos de personas.

—Me hicieron la noche —dijo también.

Algunas de las personas se le acercaron para darle la mano, una señora le pidió una foto, y dos empleados del hotel le pidieron su autógrafo. Avanzó y, al momento en que uno de los empleados que le había pedido el autógrafo le abrió la puerta, Beatriz se volvió para dedicarles a todos una última inclinación de cabeza, mientras con una alegría reflejada en su cara, pronunciaba un mudo gracias.

Abordó la limosina que la llevaría a la sede de la Real Academia Española, donde sería la ceremonia. (El paraninfo de la Universidad de Alcalá, lugar en el que por tradición se hace la entrega de este premio, estaba siendo remodelado). En el camino, Beatriz veía por la ventana, admirando la belleza del atardecer madrileño. Miraba los edificios y a las personas. La limosina se detuvo en la sede de la Real Academia Española y un hombre vestido de *smoking* le abrió la puerta ofreciéndole su mano para ayudarla a salir del vehículo. Ella le dio las gracias y, apenas estuvo fuera, los *flashes* de las cámaras de los periodistas se dispararon. Intentó sonreírles, no sabía si detenerse a posar, o simplemente seguir caminando y que los camarógrafos supieran captar un buen ángulo. Optó por caminar y sonreír cada vez que un periodista la llamara por su nombre. Al pie de unos escalones que llevaban al interior de la institución, la esperaban el director de la Real Academia Española, José Manuel Blecua, que la saludó con una felicitación, poniendo la mano de Beatriz entre las suyas, y el director de la Academia Venezolana de la Lengua, Francisco Javier Pérez, que también la felicitó y le apretó la mano cariñosamente posando con ligereza su mano en la espalda de Beatriz.

—Hola, Beatriz, felicitaciones. Veo que por fin superaste tus baches de la universidad.

Beatriz rio. Francisco Javier Pérez había sido su profesor en el primer año de Letras en la Universidad Católica «Andrés Bello» y, hasta que Beatriz se graduó, no dejó de preguntarle si había superado «sus baches». Beatriz ni siquiera sabía qué era lo que tenía que superar, y hasta su quinto año en la universidad le respondió, cada vez que él le hacía esa pregunta: «En eso ando, profe, echándole pichón». A lo que el profesor respondía con una risa, lo cual se había convertido en una tradición.

Beatriz agradeció ambas felicitaciones. Subieron las escaleras, mientras las cámaras los seguían, intentando captar una buena imagen de los tres. Entraron a una recepción previa al salón de la ceremonia, en la cual Beatriz saludó al resto de los miembros de la Real Academia Española, a quienes había conocido en los almuerzos de los días anteriores. Por último fue presentada ante el rey de España junto a su esposa la reina Sofía.

—Felicitaciones, ¿eh? Este es el primer Cervantes que se le entrega a Venezuela, debes estar muy orgullosa —le dijo el rey Juan Carlos.

—¡Y muy feliz! —agregó Beatriz, y, en ese segundo, se acordó una vez más de Santos y se preguntó si él estaría cerca o si vería la ceremonia por televisión.

Una cariñosa felicitación de la reina Sofía sacó a Beatriz de sus repentinos pensamientos.

—Mira que nunca he ido a tu país —dijo la reina—, pero me han dicho que es encantador y que la comida es deliciosa.

—Es encantador —corroboró Beatriz— y, sí, nuestros platos nacionales son únicos. —La verdad es que Beatriz no sabía muy bien qué decir, ya que estaba algo nerviosa.

Sonó una campana anunciando el comienzo de la ceremonia. Beatriz agradeció tener una excusa para dejar de hablar, se despidió de los reyes con una sonrisa y, cuando estaba caminando al sitio donde le indicaba José Manuel Blecua, recordó que no se había inclinado delante de ellos, como le habían indicado que hiciera en su primera cena en Madrid. Al llegar junto a José Manuel Blecua, dijo llevándose una mano a la frente:

—Doctor Blecqua, no me incliné.

—Mira que eso está grave, Beatriz, parece que debemos retirarte el premio y decretarte persona *non grata* en este país —respondió seriamente el director de la RAE que, al ver la repentina cara de sorpresa y dolor de Beatriz, se apresuró a agregar:

—¡Mira que estoy jugando! Tranquila que no sois ni la primera ni la última —dijo mientras ponía su mano en el hombro de Beatriz y la miraba con un gesto casi paternal.

—Ahora —continuó Blecua—, primero entrarán los reyes, luego entraremos los académicos. Los últimos en entrar seremos Francisco Javier Pérez y yo. Tú estarás detrás de nosotros y entrarás cuando todos estemos ya en la tarima. ¿Habéis entendido?

—Sí, perfectamente —respondió Beatriz.

—Vale, pues empecemos.

Las puertas del salón de ceremonias se abrieron al mismo tiempo que la orquesta iniciaba el toque de una melodía. Beatriz vio desde atrás a los reyes, que no hicieron su entrada hasta que todos los invitados estuvieron de pie. Genuinamente, no entendía cómo toda esa prosopopeya, la decoración del salón, la entrada, que parecía practicada, era por ella. Vio los elegantes vestidos de las señoras y sus peinados, no entendía cómo habían gastado dinero y dedicado tiempo a arreglarse para entregarle un premio a ella, que se sentía un ser humano tan simple. Enfrascada en estos pensamientos, alzó discretamente su mirada al techo y sonrió mientras en su mente agradecía a Dios el estar viviendo ese momento. Detrás de los reyes, hicieron su entrada los académicos de la Real Academia Española, quienes fueron presentados como «excelentísimos señores doctores...» seguido por los nombres de cada uno. Cuando todos ocuparon sus puestos, hicieron su entrada Francisco Javier Pérez, como representante de las letras venezolanas, y José Manuel Blecua, director de la RAE. Beatriz vio al fondo del salón y se emocionó al leer en una gran pantalla que ocupaba toda la pared: «Premio de Literatura en Lengua Castellana Miguel de Cervantes 2014: Beatriz Blanco».

Todos estaban ya en la tarima. Justo cuando la canción alcanzó su punto más alto, Beatriz hizo su entrada. Todo el salón se llenó de aplausos. Beatriz sonreía a quienes tenía al lado mientras caminaba con paso acelerado, inducida por la música.

Mientras tanto, en una habitación de un hotel de Madrid, Santos observaba este momento por televisión, con la vista fija en la pantalla, sentado al borde de la cama con una pierna cruzada sobre la otra, pues, aquello que sintiera, no le permitía recostarse tranquilo sobre una almohada. Su vuelo se había atrasado por cinco horas y, ya fuera porque no quería esperar seis horas en el aeropuerto, o porque su reunión no era para él tan importante, o porque se valió de la primera excusa que encontró para permanecer en Madrid, Santos no se fue nunca a Londres y estaría en Madrid esa semana antes de viajar a Galicia.

El acto lo abrió el rey de España con un discurso en el cual mencionó al escritor Miguel de Cervantes, en cuyo honor se había instituido el «Premio Cervantes», que ese 23 de abril recibía Beatriz. Luego el director del Ministerio de Cultura de España pronunció un segundo discurso en el cual hizo una magistral trayectoria de la evolución del idioma español. Beatriz escuchaba... y la verdad es que al mismo tiempo se preguntaba si Santos estaría viendo el evento por televisión. Al momento en que el discurso terminó, fue invitado a la tarima Francisco Javier Pérez quien, con unas cortas palabras, anunció a Beatriz como la ganadora del premio Cervantes de ese año. Tras los aplausos de rigor, pidió que todos los asistentes se pusieran de pie para «escuchar las gloriosas notas del Himno Nacional de Venezuela».

Beatriz se levantó ya sintiendo el corazón en la garganta. Giró su cara un poco a la derecha para ver la bandera venezolana. La orquesta tocó el himno mientras un coro conformado por coristas venezolanos cantaba. Durante la primera estrofa, Beatriz pudo mantener la compostura, pero, para su sorpresa, serían cantadas las tres estrofas. Cuando empezó la segunda, la respiración de Beatriz se cortó un poco y pudo sentir las lágrimas detrás de sus ojos. Ella no lo sabía, pero mientras cantaba, sus labios formaban una especie de puchero. Al momento de cantar «Y desde el empíreo el Supremo Autor...», Beatriz sintió las primeras lágrimas resbalar por sus mejillas. Algo que no sabía, es que la cámara había hecho un segundo *close-up* y que Santos la estaba viendo llorar.

Beatriz, eres adorable. Siempre fuiste adorable. Pensaba Santos mientras sonreía involuntariamente.

Al momento de la tercera estrofa, Beatriz tuvo que secarse las lágrimas con las manos y la señora a quien tenía al lado, la distinguida María Taberna, miembro de la RAE, le pasó un pañuelo discretamente.

Beatriz logró recuperar la compostura al final de esta última estrofa y pudo cantar «y si el despotismo levanta la voz, seguid el ejemplo que Caracas dio», lo cual la obligó a respirar profundamente para evitar llorar de nuevo.

Cuando acabó el himno, pasó al estrado José Manuel Blecua, quien con una sonrisa dijo: «Invito al estrado a la merecedora de este premio Cervantes 2014, orgullo de las letras venezolanas y quien además es, porque lo sé, una buena persona: la señora Beatriz Blanco».

Beatriz se levantó en medio de aplausos y subió los escalones levantándose un poco el vestido para no caerse. Caminó hasta el podio y recibió una medalla de manos del rey, que ya estaba de pie en el centro de la tarima. Beatriz presentó su medalla al público e inclinó la cabeza sonriéndoles a todas aquellas personas que le aplaudían de pie. El rey le indicó que se colocara detrás del podio. Las personas se fueron sentando y la sala quedó rápidamente en silencio, esperando las palabras de Beatriz. Tenía frente a sí una copia de su discurso, el cual ya se sabía prácticamente de memoria y, así, luego de contar hasta tres en su mente, para calmarse, Beatriz leyó:

«Todas las personas mayores han sido niños, pero pocas de ellas lo recuerdan».

Santos sonrió al escuchar a Beatriz comenzar su discurso con una frase de *El principito*... había algo en su esencia que no había cambiado. Santos vio en el podio a la muchacha de la cual se había enamorado hacía veinticinco años, esa misma que un día le había dicho «portarse bien es chévere», sin miedo a lo que él fuera a pensar. Al recordar ese momento, Santos sintió su corazón encogerse.

Beatriz continuaba leyendo:

... No debemos olvidar que, al final, tenemos que volver a lo simple, a lo inocente, a lo sincero y a lo genuino. —Beatriz sintió un nudo en la garganta, ante la siguiente frase que leería de su discurso. Tomó aire para poder continuar leyendo—. Muchas veces, las situaciones diarias, los fracasos e incluso los mismos triunfos nos hacen olvidar para qué fuimos creados... —pronunció esas palabras con el último vestigio de aire que aún le quedaba en la garganta. Sus ojos se llenaron de lágrimas. Con voz entrecortada y, elevando su mirada al público, terminó la oración—. Fuimos creados para amar...

Beatriz permaneció dos segundos en silencio mirando al público. Bajó la mirada y soltó una pequeña risa.

Volvió a ver al público aún sonriendo y dijo:

¿Saben qué? —y, en un suspiro, recordando lo que le había preguntado Santos en el avión, que para ella había sido como un golpe, ese «¿valió la pena?», Beatriz confesó—.

No vale la pena... —El público continuó en silencio, sin entender lo que ocurría—.

No vale la pena —repitió Beatriz aún sonriendo—. Este momento representa para mí la cúspide de mi carrera, aquí estoy recibiendo la recompensa de mis años de trabajo, en verdad, la recompensa de mi vida, porque mi trabajo fue mi única vida y, les digo, sinceramente, que no vale la pena. Como dije, todos fuimos creados para amar, el amor puede presentarse de distintas maneras, pero, en mi caso, yo renuncié a amar, por un simple éxito profesional. Sí, simple. Por esto, no vale la pena dejar de amar... Admito aquí, delante de este distinguido público y delante de las cámaras, que cometí un error. A los veintidós años, cuando decidí que no me quería casar para dedicarme a crecer

académica y profesionalmente, cometí un error, y eso lo
he sabido desde hace tiempo, pero... —Beatriz tomó aire
antes de pronunciar la siguiente frase— por mi orgullo,
no quería admitir que en ese momento había cometido un
error, porque eso significaría admitir que mi vida había
sido un error... y lo estoy, por fin, diciendo esta noche, día
en que recibo el Cervantes, no sin satisfacción, pero sí,
más segura que nunca de que debo cambiar el curso de mi
vida si... —Beatriz miró fijamente a la cámara que tenía
enfrente, rogando que Santos la estuviera observando
por televisión— si tú, Santos Escalante, estás dispuesto a
perdonarme.

Santos vio a Beatriz despedirse con un «gracias» y abandonar el podio... Sin pensar, sin ni siquiera apagar el televisor, Santos tomó su billetera, su *blazer*, y abandonó la habitación. Caminaba por el pasillo con pasos rápidos y agigantados mientras se colocaba el *blazer*. El tiempo de espera por el ascensor le pareció eterno, y apretó el botón para llamarlo varias veces, aunque ya la luz se había encendido. En el ascensor, se vio en el espejo, se acomodó el cuello de la camisa, dio una palmada y se frotó las manos en tanto caminaba en círculos intentando pensar en qué haría, qué diría, y mientras distintos e incontables escenarios pasaban por su mente. Cuando por fin llegó al *lobby*, lo atravesó casi corriendo y esquivando a todas las personas que estaban allí. Al salir, suspiró con alivio al ver que había varios taxis esperando por clientes, se montó en el que estaba más cerca de la salida.

—¿Vuestro destino? —preguntó el taxista.

Santos lanzó un gruñido de frustración y sacó su celular.

—Disculpe —dijo haciendo una seña con su dedo índice. Buscó rápidamente en Google «Premio Cervantes». Al ver en la página que decía que se entregaba por tradición en la Universidad de Alcalá,

Santos le pidió al taxista que lo llevara para allá. Mientras estaba en el taxi, Santos intentó relajarse y planear qué haría, pero lo primero era: ¿qué quería hacer? Al hacerse esta pregunta rio para sí, por supuesto que sabía lo que quería hacer. Viendo por la ventana, sonriendo involuntariamente, admitió lo que por años se había negado a sí mismo y había negado a todo el mundo: que aún la amaba. Siempre había sido así. Santos había pasado más de veinte años jactándose de lo fácil que había sido superar a Beatriz, y cómo había sido mejor que ella siguiera con su camino, pues «ella era medio rara», o así decía él, pero allí, en el asiento trasero del taxi, Santos dijo en voz baja, para que el taxista no lo oyera, aún mirando por la ventana: «Como que la amo». Soltó una pequeña risa. El taxista lo miró por el retrovisor y optó por encogerse de hombros y no preguntar.

Al llegar a la Universidad de Alcalá, Santos no vio ningún movimiento especial, pero se bajó del carro de todas formas. Llegó corriendo a las puertas y se le acercó al primer guardia que vio:

—Disculpe, la entrega del Premio Cervantes, ¿dónde es?

El guardia, un hombre joven, lo miró extrañado, se rascó la cabeza y dijo:

—Hombre, que yo sepa, aquí no pasa nada hoy.

—¡Claro que sí! —exclamó Santos, mientras su frustración iba aumentando—. Hoy se entrega aquí un premio. ¿Dónde es el aula magna? O como lo llamen en este país...

—Señor, hoy no pasa nada, pues nos lo hubieran comunica'o.

Santos se llevó las manos a la cabeza y pronunció la frase que pronuncian todos al estar en un momento de desesperación:

—Llámame a tu supervisor.

El joven volvió su cabeza, silbó y llamó haciéndole un gesto con la mano a otro guardia, un hombre mayor. El guardia se acercó caminando tranquilamente. Santos respiraba hondo para no desesperarse. Ya a una distancia cercana, el guardia mayor preguntó qué ocurría. El guardia joven empezó a hablar, pero Santos lo interrumpió:

—¿El Cervantes no se entrega aquí hoy? —preguntó.

El guardia mayor se acercó a la reja y dijo:

–Llevo quince años trabajando aquí y, sí, el Cervantes siempre se ha entrega'o en este edificio. Pero, este año, el paraninfo, que es donde se hace normalmente la entrega del premio, está en remodelaciones, así que el Cervantes está siendo entrega'o en la Academia.

–¿La Academia? ¿Qué Academia? –preguntó Santos ya con ganas de salir corriendo para allá.

–Hombre, pues, la Real Academia Española.

–¿Se puede ir caminando? –indagó Santos agitado.

Los dos guardias se vieron y rieron:

–Mejor tómese un taxi –dijo el guardia mayor.

Santos se fue corriendo sin ni siquiera saber en qué dirección ir. Vio un taxi al otro lado de la calle y, esquivando los carros, cuyos choferes le tocaban la corneta malhumorados, llegó al vehículo y se montó en el asiento trasero.

–A la Real Academia Española, por favor –dijo Santos casi sin aire.

El taxista emprendió su camino.

–Necesito llegar rápido, por favor –dijo Santos.

–Veré qué puedo hacer –le respondió el taxista.

–Por favor. –Santos, que siempre había sido reservado con desconocidos, quería hacerle entender al taxista que, de verdad, necesitaba llegar pronto, así que agregó:

–Mi exnovia de hace veintidós años me acaba de pedir perdón por televisión y está en la Real Academia, y tengo que llegar ya.

El taxista lo miró por el retrovisor y simplemente dijo:

–La historia de la semana...

Santos lo miró sin entender y preguntó:

–¿Qué? ¿Todas las semanas le pasa algo parecido?

–Yo he escucha'o de todo, ¿eh? Aunque, le digo, que esta podría ser la historia del mes.

–Qué honor –dijo Santos.

Al llegar a la Real Academia Española, antes de bajarse, Santos le pidió al taxista que se quedara, pues no estaba seguro de si lo dejarían entrar y, probablemente, lo necesitaría de nuevo. En la entrada, el guardia le pidió a Santos su invitación.

—No tengo —admitió Santos, al momento en que se le ocurrió una idea—. Pero estoy en la lista, me puede buscar.

El guardia tomó la lista.

—¿Nombre? —preguntó con voz seria.

—Gabriel García Márquez —respondió Santos—. Búsqueme ahí por la G.

El guardia pasó las páginas y, al llegar a la letra G, fue bajando por la lista mientras se guiaba con un lápiz.

—Lo siento, pero no aparece.

—¿No? —preguntó Santos fingiendo extrañeza—. Tengo que estar. Debe haber un error.

—No, vos no estáis aquí. Os pediré que os marchéis.

—No —respondió Santos rotundamente—. Yo de aquí no me voy.

—Os aconsejo que, si no queréis tener un problema, os vayáis.

Santos necesitó de todas sus fuerzas para no tomar al guardia por la camisa, lanzarlo para un lado y entrar. Simplemente dijo:

—Tengo que entrar. Beatriz... ¿Sabes? ¿Beatriz? ¿La que están premiando hoy? Es mi exnovia, y me acaba de pedir perdón por la televisión, y tengo que ir a buscarla.

—Ole, «y vivieron felices para siempre» ha sido lo único que os ha falta'o.

—¡Que me dejes entrar! —exclamó Santos perdiendo la paciencia—. Entra conmigo si quieres, revísame el *blazer*, no tengo armas, ¡nada! Pero tengo que entrar.

—Llamaré a la policía si no os largáis ahora mismo.

Santos, que no quería que se armara un problema que, al final, le costaría salirse y haría aún más difícil su encuentro con Beatriz, optó por no discutir más con el guardia y volver al taxi.

Al volver a su puesto, Beatriz sentía todas las miradas de los asistentes en su nuca. Sintió un pequeño alivio cuando, al cruzar la mirada con uno de los académicos, el venerable Germán Flores, este le guiñó el ojo y le mostró el pulgar en señal de bien hecho. La académica que tenía al lado, la doctora Taberna, le dijo es voz baja:

—Qué valiente.

Beatriz tuvo que luchar para que las lágrimas no resbalaran de nuevo por sus mejillas.

Después del acto, tendría lugar una elegante cena que se servía luego del Cervantes. Al salir del salón de ceremonias Beatriz debía pararse junto a los reyes y junto al director de la Real Academia Española, José Manuel Blecua, y al director de la Academia Venezolana de la Lengua, Francisco Javier Pérez. Al pararse junto a Francisco Javier Pérez, este le dijo:

—Veo, Beatriz, que aún existen ciertos baches que no has superado.

—¿Le parece? —preguntó ella, al momento de saludar a una de las invitadas.

—No me parece, me lo acabas de demostrar hace un momento con el discurso tan peculiar, vamos a decir, que acabas de dar.

Beatriz volteó a verlo en una actitud de inmutable seriedad.

—Al contrario, profesor, hace un momento por fin superé todos mis baches.

—Si así lo quieres ver.

—No, profesor, es que así es —agregó Beatriz seriamente y, sin importarle lo que pensaría el rey o el distinguido grupo de personas con el que estaba, solo pensando en ella y en lo que desde el fondo de su alma verdaderamente quería hacer, se disculpó con la siguiente persona a la que debía saludar y se fue con paso rápido y decidido. No sabía qué haría, simplemente no quería estar allí, pues creía que ese comentario de su antiguo profesor solo había sido el comienzo de una noche de cuestionamientos y juicios por parte de todos los asistentes a la ceremonia, y no quería dar explicaciones, la verdad, no sentía que tenía que dar ninguna explicación.

Al salir, la limosina no estaba. Beatriz entendió que, seguramente, el chofer había recibido las instrucciones de buscarla más tarde. Recorrió todo el entorno con la mirada y suspiró con alivio al ver que un taxi pasaba. Le hizo una seña con la mano y a lo que el taxi se detuvo, ella se montó en el asiento trasero, detrás del conductor. Dio el nombre del hotel y se perdió en sus pensamientos. ¿Santos la habría visto? ¿Qué haría ahora? ¿Se verían en Caracas? ¿Él la invitaría a almorzar, quizá, en algún momento? O, ¿todo seguiría igual con la diferencia de que ahora sí se saludarían como personas normales? Claro, ¿quién le había dicho a ella que Santos aún la quería? Beatriz se consoló pensando que, por lo menos, se había sincerado con ella misma y ya eso era un gran cambio. Sonrió con tristeza y, nuevamente, lloró en silencio.

Se limpió las lágrimas al sentir que el taxi se detenía. Al ver por la ventana y darse cuenta de que no estaba en el hotel, Beatriz se asustó y le preguntó al taxista:

—¿Dónde estamos?

Pero el taxista, sin responderle, abrió la puerta y salió del auto. Beatriz vio de nuevo por la ventana y, al subir la mirada y leer en letras blancas sobre un fondo verde «Manolo», entendió lo que estaba pasando. Luego vio a Santos de pie, abriéndole la puerta. Beatriz permaneció inmóvil unos segundos, no hablaba, simplemente, lloró de nuevo, pero esta vez de felicidad. Santos le extendió una mano y Beatriz, con movimientos algo torpes, logró salir del auto. Se vieron cara a cara, de pie, frente al restaurante en el que habían prometido reencontrarse hacía ya veinticuatro años. Beatriz rio, observó a Santos de arriba a abajo sin poder creer que él estuviera ahí. Al momento en que sus miradas volvieron a encontrarse, Beatriz se atrevió a preguntar:

—¿Esto significa que me perdonaste?

Santos sonrió y respondió:

—Beatriz, yo podría simplemente haber seguido como lo he hecho todos estos años: sin leer tus libros, sin saludarte, sin contestar tus llamadas como un inmaduro. Podría haberte visto por la televisión y decir: «Ella pudo hacer su elección antes y no me eligió a mí, perdió su oportunidad». Podría haber seguido con ese patrón, pero –Santos suspiró–, Beatriz... voy, por una vez, a hacer lo quiero hacer, y quiero que tú hagas lo que te diste cuenta que realmente quieres hacer.

Beatriz sonrió y dijo:

–Santos... yo a ti te quiero desde el día en que te conocí.

–Pues deja de perder el tiempo, entonces –dijo Santos mientras la tomaba por la cara.

... Y la besó como si esos veintitrés años en los que se trataron como dos desconocidos no hubieran pasado jamás...

Agradecimientos

A mis papás, por pagar mis estudios universitarios, a pesar de saber que obtendría un título como licenciada en Literatura y por apoyarme en mi carrera literaria, tanto económicamente como siendo los primeros en leer mis manuscritos y escuchando con interés todo lo que tenga que decir con respecto a lo que esté escribiendo en el momento, situación que se repite todos los días.

A mi mamá, específicamente, por iniciarme en el hábito de la lectura, leyéndome el capítulo de algún libro infantil todas las noches.

A mi papá, por recomendarme y comprarme, siempre, los mejores libros. Debo también agradecerle por su temible "¿ya empezaste a escribir tu primera novela?", que me empujó a comenzar a escribir "Bea".

A Sofía Greaves, por publicar Beatriz decidió no casarse en su editorial digital, cumpliendo, por primera vez, mi sueño de ser una novelista publicada.

A Leocenis García, por cederme un espacio en su periódico para publicar mis cuentos, cuando era una niña de 19 años que nunca antes había publicado nada y por ser el primero en publicar mi novela Beatriz decidió no casarse en versión impresa, cumpliendo, esta vez, mi sueño de ver mi primer libro en las vidrieras de las librerías venezolanas.

A Aleyso Bridger, mi agente, por tomarse la labor de que mis novelas fueran publicadas como si las hubiera escrito ella misma, logrando que, hoy, esté yo escribiendo este agradecimiento. ¡Cambiaste mi vida!

A Edward Benítez, editor de la editorial Harper Collins Español, por tomarse el tiempo de leer los manuscritos de Beatriz decidió no casarse y Los complicados amores de las hermanas Valverde, luego de que, como me dijo Aleyso, le pidiera el manuscrito de la segunda, ya que "le llamaba la atención la historia de amor entre la muchacha católica con el muchacho ateo".

Un agradecimiento muy, muy importante, a todos los que me han servido de inspiración para crear a mis personajes. Créanme cuando les digo que mis novelas no existirían, tal y como son, si ustedes nunca se hubieran topado en mi camino, por eso, infinitas gracias por sus respectivas y memorables personalidades. Aquí, incluyo a aquellos que no se molestaron al leer sus nombres en mis páginas.

A Dios, por supuesto, por la vida, por la salud, por mi familia, por mis experiencias, por permitirme conocerlo, por su Providencia y su Voluntad, por la Libertad y por su Humildad y Amor infinitos.

Tras ese último agradecimiento, no puedo dejar atrás a mi colegio, el Mater Salvatoris, por enseñarme a llegar a Jesús siguiendo el camino de María, actuando, en todo momento: A Mayor Gloria de Dios.

Acerca
de la autora

María Paulina Camejo nació en Maracaibo
el 5 de febrero de 1991. Vivió una infancia tranquila, viviendo en distintas ciudades de Venezuela y fue en estos años de su infancia en los que se despertó su interés por la lectura, leyendo libros como La vuelta al mundo en ochenta días, Viaje al centro de la Tierra y Mujercitas. Justamente el día de su decimosexto cumpleaños, María Paulina, siendo aún una estudiante de bachillerato, decidió que estudiaría Letras al momento de ingresar en la universidad. En noviembre del año 2011, esta joven, que en ese momento contaba con veinte años, se ve en la difícil situación de abandonar su país, dejar su carrera por la mitad y trasladarse a los Estados Unidos. Tres años después, se estaría graduando como licenciada en Historia del Arte y Literatura Hispana de la Universidad de Miami.

Fue en una de esas primeras noches de incertidumbre, como nueva habitante de la ciudad de Miami que aún no tenía definido su camino, que María Paulina escribió las primeras páginas de la que, posteriormente, sería su primera novela, Beatriz decidió no casarse. Novela que comenzó a escribir con el firme propósito de publicarla en un futuro. En el año 2015, ya graduada de la universidad, María Paulina escribió su segunda novela, Los complicados amores de las hermanas Valverde.

Hoy por hoy, María Paulina reside aún en la ciudad de Miami y continúa dedicándose a la escritura de la ficción, siempre con una intención moralizante escondida detrás de sus frescas y divertidas historias.

Los complicados amores de las hermanas Valverde

«El amor llega en el momento y lugar menos esperados y puede volverse tan complicado que quizás eso sea lo que lo hace tan maravilloso...».

TE PRESENTAMOS A LAS HERMANAS VALVERDE

Julia

Es la mayor de las hermanas, una joven de veintidós años, recta, prudente y religiosa.

Conoce a Octavio en una fiesta, un muchacho simpático cuya compañía disfruta.

El dilema comienza cuando Octavio le revela que es ateo, pues ella nunca había imaginado entablar una relación con alguien que no compartiera sus creencias.

Cristina

La segunda hermana, de veinte años, visita una cárcel de presos políticos para un proyecto universitario, ahí conoce a Salvador. Ambos son personas de personalidades muy fuertes que se enamoran contra todo pronóstico pero enfrentan el obstáculo de que él está preso y no tiene grandes esperanzas de salir en libertad.

Luna

La hermana menor, una joven radiante de diecisiete años, necesita un tutor de matemática.

Su madre contrata a Bóreas, el vecino. Lo que comienza como unas aburridas clases de matemática se convierte en una historia tan romántica como inesperada para ambos.

ISBN 9780718092290

En esta segunda novela, María Paulina Camejo relata las historias de tres chicas que viven el amor intensamente y sin reservas.